本は眺めたり触ったりが楽しい
The Feel of Reading

书 怎么读 都有趣

【日】青山南（著）
Minami Aoyama

【日】阿部真理子（绘）
Mary Abe

马文赫（译） ☺

北京联合出版公司
Beijing United Publishing Co.,Ltd.

目录

书怎么读都有趣 … 3

后记 … 207

文库版追加后记 … 209

索引 … 219

阿部真理子 绘

●译文为：读书体验学校

本は眺めたり触ったりが楽しい

4 ●从左至右,译文依次为:《美国新闻与世界报道》,《福布斯》,《万有引力之虹》,

托马斯·品钦,《邮差总按两遍铃》,詹姆斯·M. 凯恩,普洛斯彼罗之犬

6 ●从左至右，译文依次为：中央卡车运输公司，当日达及次日达，礼品店，读书体验城，

下一出口，6英里，允许垂钓

●从上至下,译文依次为:威廉·莎士比亚,《仲夏夜之梦》

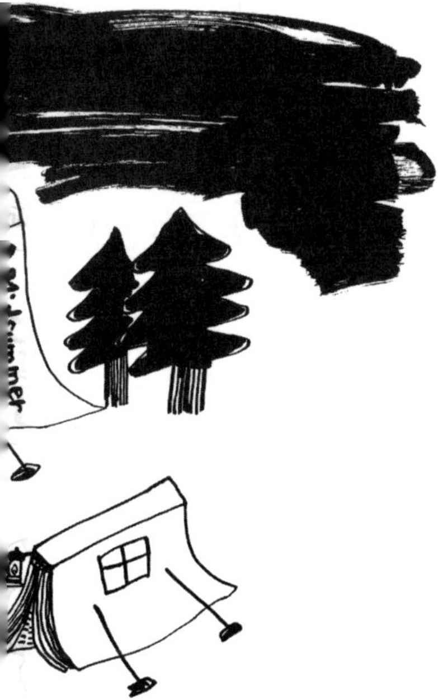

●译文为：书虫

我在读《间歇的座谈会》（书的杂志社）这本一群中年大叔愉快地聊无聊话题的书时，发现画家泽野公读书的速度快得惊人，不禁愕然。据他说，在书店买完书后，哗啦哗啦地翻着翻着就看完了。本来想买了去附近的咖啡店读的书，结果没等走到咖啡店就已经读完了，这让他很为难。

瞎说的吧，看书很慢的我看到他这么说忍不住犯嘀咕。不过，如果看的是杂志的话，我的阅读速度也不输给泽野，所以他应该确实没有撒谎吧。

我之前一直为自己读书的速度太慢而烦恼。到底是因为我一直在认真阅读，还是因为注意力不集中，才会读得这么慢呢？

但是，最近我又遇到了更棘手的问题。

好好读书，这句话究竟是什么意思呢？

※※※

我有好几次都因为在电车里看书看得太入迷，到了该下车的站忘了下车。因为只顾着埋头读书，没注意到熟人的出现，这样的情况恐怕也有过好几回。

但是，像下文中这样的事情真的有可能发生吗？时间是1846年的冬天，地点是美国拓荒地的某个地方。有一位开拓者的孩子，名叫娜西莎·康沃尔，她十二岁时在自己的日记中这样写道：

"父亲读书读得很入迷，直到母亲提醒他，他才发觉家里到处都是不认识的印第安人。"

我猜，她父亲其实早就发觉了，只是因为不想应对这些人，所以才装作没发觉吧？

又或许是印第安人都非常注重礼节，为了不打扰她父亲读书，所以走进她家时都尽量悄无声息？

难以置信有人读书会入迷到这种程度，让人不由得怀疑是否有其他原因。

※※※

"读小说的时候，都需要有一定的阅读速度吧。"小说家池泽夏树在某个座谈会上这样说过。那是一场讨论托马斯·品钦（Thomas Ruggles Pynchon, Jr.）的《万有引力之虹》（Gravity's Rainbow，国书刊行会）的座谈会，不过他在这里并不是特指这本书，而是泛指一般的小说。（《文学界》，1993 年 11 月刊）

的确，这么一说，我也有同样的体会。不管什么样的小说，如果以超低速去读的话，都会变得很无趣。比如，大学里教养类的语言学课上进行的那种译读。在课上，要将文字一行一行地仔细翻译下去，无论怎样的名作，这样去读都会变得枯燥乏味。这门课基本上是每周上一次，所以每次去上课，都必须先回想上节课讲的内容，等好不容易回想起来以后，这次的课也已经结束了。

这并不是什么东西一变成学习就会变得无趣的问题，而是读书速度的问题。

实际上，如果以相当快的速度阅读的话，大部分小说都算得上有趣。读完以后会觉得"啊，真有意思"。

这是为什么呢？难道是因为读起来花不了时间，所以评价标准也变得宽松了吗？

※※※

美国小说家威廉·加斯（William H. Gass）非常擅长速读。他上高中的时候，曾和朋友们一起组建了速读队，并在和其他高中的速读队比赛时屡屡获胜，自诩相当无敌。我曾读过他夸耀自己这些事迹的绝妙散文。他说，书的好坏是由书的重量决定的，厚的书就是好书。

据他所说，速读就像是轻快地骑着自行车，"吹在皮肤上的风清爽宜人"，"文字是茂密的枝叶""书页就是牧场"。一来到新段落的入口，他就迅速环视"牧场"，寻找可以作为标记的东西，然后迅速将其捡起，向前猛冲。如果仔细感受文章中的每个意象，细致琢磨文章的意义，阅读速度就会降低，所以他绝不会这么做。只抓住传达要点的标记就好，快点往前跑才是最重要的。很快，就可以从脚下出现的云影感受到头顶上飘浮着云朵。那片云朵就是"意义"。但是，不能直接抬头去看云。啊，意义正在渐渐浮现，意识到这一点的同时，要继续踩着踏板前进。

啊，速读看起来好开心啊。我开始感到羡慕了。

※※※

曾经的速读冠军，认为书越厚越好的威廉·加斯，在姓名近似、只写又长又难读的小说的威廉·加迪斯（William Gaddis）的《承认》（*The Recognitions*, 1955）的新版序言中写道："与又厚又难读的书打交道易如反掌。"

完全不需要着急。只要你愿意，在你的前方展开的书页会一直这样向前展开下去。即使有觉得不太明白的地方，也不要闷闷不乐。不懂书中想表达的意思，也完全没关系。感觉这段好像

●从上至下,译文依次为:米兰·昆德拉,《不能承受的生命之轻》

有什么深意，可恶，怎么看不懂啊，即使有这种感觉也别着急。就算看不懂也没关系。可以去享受书中丰富的内容、妙趣横生的遣词造句、讽刺的手法、作者的博闻强识、充满感官刺激的身体描写。这些都是在理解这本书。对于一起生活了很多年，什么都会和自己说的丈夫或妻子，大家不就是这样去理解对方的吗？读书也是一样的道理。

※※※

我遇到过把复印机当作读书工具的人。比如，看到杂志上刊登了有趣的小说，就把它复印下来，然后再拿着复印件阅读。

这位朋友并不是从图书馆或其他朋友手里借来杂志，然后拿去复印，也就是说，既不是抠门，也不是节俭。只是喜欢在买完杂志以后，把想看的页面复印下来，然后随身携带着随时阅读。还是OL的时候（对，这位朋友是女性），因为在上下班的电车里带着杂志很不方便，所以她开始尝试这种方法，之后就养成了习惯。即使她现在已经辞去了OL的工作，从上下班的电车中解脱出来了，这个习惯还是没有改变。

"你这是在浪费热带雨林的资源啊。"我虽

然嘴上这么吐槽她,心里却暗自佩服。

因为,读书时感受到的那种独特的拘束感,很大程度是由于书这种形态本身散发出的气场。把书页复印下来再读,就相当于把书的形态从一个整体打散成零散的书页,这种读书方法能让人摆脱书带来的拘束感,更自由地阅读,不是很棒吗?她之所以无法摆脱过去的习惯,应该也是因为切身体会到了那种自由所带来的快感吧。

"那你复印完之后,会把杂志扔掉吗?"我问。她说会送给妈妈或妹妹。嗯,这样的话,也不能算是浪费资源了吧。

※※※

我身边还有那种字面意义上把书拆开来读的人。只把自己需要的部分撕下来,重新用订书机订好,也就是说,直接当成另外一本书来读。读完之后,再把撕下的部分放回原来的书中。曾经离家出走的一部分书回归之后,理所当然地,书会比之前稍微变厚一点,而且与其说是书,不如说是更像文件夹一样的东西。那位的书架上好像全是这样的东西。

这是我根本无法掌握的技能。我的修行还远

远不够。一般来说，看书的时候，即使只是因为稍微用力过猛，导致书脊被撕裂，也会让我觉得很失落。自己主动把书页扯下来，对我来说实在是不可能做到的事。

但是，要是真的能做到就好了。毕竟，那种大部头的书，我现在只能在家里看，很不方便，因为我的内心太软弱了，没有那种把书撕开来读的精神力量。不过，如果有了这种精神力量，我就必须养成不乱放东西的习惯。否则，很有可能会把撕下来的书页弄丢。

※※※

小说家片冈义男在某套书的宣传小册子中，写过这样一段话："在纽约，如果觉得哪本书好像很有趣，订购之后很快就能收到，于是书架上的书越堆越多。读书当然也很有趣，但有时只是把书拿在手里把玩一下，就能明白很多事情，也算是'值回票价'了。"

第一次读到这段的时候，我忍不住拍案叫绝，没错，这就是"囤书"的精髓。把书买回来却不读，放进书架就不管了，这种行为俗称"囤书"，一般大家都觉得这不是什么值得赞扬的行为，但

人为：霍顿斯·卡利舍，詹姆斯·瑟伯，约翰·契弗，欧文·肖，《纽约客短篇小说》

他在这里想表达的是,"囤书"其实也未尝不可嘛。是啊,"囤书"也是一种很好的读书方式嘛,已经囤了很多书的我不由得点头称是。我经常说,书就和酒一样,经过长时间的贮藏,就能酝酿出美味。

虽说书是越囤越多,但也并非囤完就那么堆着不管。有时会无意间注意到某本书,然后把它从书架上拿下来把玩。有时甚至会翻阅一会儿。在这样的过程中,自己与那本书之间的隔阂也随之慢慢消解。

"阅读"和"把书放在手里把玩"其实并没有什么区别。

※※※

我之前读过美国短篇小说名家欧文·肖(Irwin Shaw)的一篇访谈,他以"《纽约客》的编辑说过这样一句话"作为开头,谈到了写短篇小说的秘诀。写短篇小说还有秘诀吗?我半信半疑地继续往下看。

根据肖的说法,秘诀就是将小说的最后一段干净利落地删掉。小说写到最后,几乎都是机械性地草草收尾。"一般都是在最后的段落里写写这篇小说想表达什么。不过,最好把它删掉。"

不过，与其说这是肖的意见，不如说是刊登了大量优秀短篇小说的《纽约客》杂志的意见。嗯……这样的确会让小说留有余韵，我赞同这种说法。你看，大家平时不是常说某部小说是余韵悠长的好作品嘛。

听这些写作经验谈，就让人感觉好像又学到了新的读书方法，所以我才喜欢了解作家们创作的幕后故事。小说家威廉·加斯曾说过："学习写小说的方法，并不能让你学会如何写小说，却可以让你学会如何阅读。"

※※※

小说家佐藤正午曾经写过，他在阅读小说时，只要看到喜欢的段落或令人在意的字句，就会不自觉地折起书页的一角，他把这称为"不入流的习惯"，"心血来潮又有空的时候，我将喜欢的句子或段落记到笔记本上，就像个一本正经的考生"（《昴》，1991年2月号）。

其实我也有这个习惯。所以，我在把书拿去旧书店卖或把借来的书还给图书馆之前，都要手忙脚乱地把书恢复原状。但是，折过的痕迹不会消失。要经过很多年，折痕才会几乎完全消失。

我想大部分会折书页的人都是这样的，喜欢的段落或在意的字句，往往与小说的主要情节无关。很少有人会因为某句话点出了小说的核心而对它格外关注，都是因为觉得"啊，这句话说得真好啊"而很喜欢这句话。在读某本书的时候，读到某个部分觉得很能引起共鸣，所以才会喜欢。这样的内容多的话，我就会觉得这是一本好书。而且，即使很久以后，小说的情节已经忘得一干二净，依然会记得那句引起共鸣的话。

※※※

一碰到喜欢的段落，就将那一页折角进行标记，因为我有这样的习惯，所以一本书读完合上以后，只要看着那沓折角，就能一目了然地知道自己有多喜欢那本书。书页折角的地方会有小小的凹陷，有凹陷的地方越多，就越能说明这是自己喜欢的书。

"不过，那样看起来很恶心啊。"有位女性朋友这样评价，她丈夫和我有同样的癖好，"我丈夫看完书之后，我本来也想看看那本书，结果发现书里到处都是折角。太恶心了，那些折角，感觉就像人脸上的痘坑似的。"

痘坑啊，真是一个很棒的比喻。因为，自己单方面的想法其实就像脓包一样，在别人看来根本不觉得有什么珍贵的。

"也许吧，虽然我也有在书页上折角的习惯，不过看别人折过的书，说起来，的确感觉很恶心。"我答道。

※※※

我忽然想到，书页被折角的那部分，在英语里好像是叫"狗耳朵"来着，于是查了查词典。找到了找到了，是 dog-ear 或者 dog's-ear。不仅能当名词，似乎也能作为动词使用。而且，还能以 dog-eared 或 dog's-eared 的形式，作为形容词来使用。既然都创造出了这样的词语，那就说明，给书页折角这种事，大概是全世界的人都会干的吧。确实，书页被折起的一角，形状看起来很像狗的耳朵。

但是，进一步仔细查阅辞典后我发现，书页一角自然发生弯折的状态，也可以用"狗耳朵"这个词来形容。如果是封面较硬的书倒还好，如果是封面较软的书，就要看读的时候是否爱惜了，如果长期随意翻阅的话，有时候整本书的一角都

dog-ear

●译文为：狗耳朵

会卷起来，对吧？那个卷起来的部分好像也被称为"狗耳朵"。

这让从事翻译的我很为难。翻译英文书籍时，如果碰到"狗耳朵"这个词，很难判断是（1）故意折角还是（2）自然弯折。

※※※

每次去夏威夷，我都不禁感叹在海边读书的人数之多。那些人到底是怎么回事啊？明明悠闲地晒晒日光浴就好了，非要在烈日底下戴上墨镜看书。他们并不会特意寻找阴凉的地方，而是就那么顶着烈日看书。难道来夏威夷旅游的人里有那么多爱书人士吗？不会吧。

前几天去夏威夷的时候，我看到一个戴墨镜的中年女性正泡在游泳池里看书。她站在水深齐腰的游泳池的一角，一手拿着一本平装书，一手拿着香烟。我从游泳池离开了一段时间，过了大概两个小时再回来时，发现她仍然保持着同样的姿势在看书，也就是说，她至少已经看了两个小时。我用余光观察了一下，发现她的双脚一直在水下缓慢地移动着。原来是在做简单的体操啊。

我连续三天都在泳池看到了同样打扮的她。

虽然是别人的事，但我还是忍不住担心起来。做体操是挺好的，但是一直这样待在泳池里，身上不会觉得冷吗？

估计过不了多久，就能看到在泳池里一边蛙泳一边看书的人了吧。

※※※

不久前在夏威夷，我发现自己住的公寓酒店里的小商店一角竟然有个旧书区。那里摆着的都是平装书，价格基本上都是一美元。很明显，这里的每一本书都是那些戴着墨镜的人在阳光灿烂的海边读过的。有推理小说、爱情小说、文学、传记等等。我原本以为海边读物一定都是些内容轻松的书，但这里陈列的书籍却彻底颠覆了我的预判。

旧书区旁边摆放着供游客租借的冲浪板，租金是一天五美元。这种搭配真是太妙了。海边旅馆的小商店里摆出来的便宜书和便宜冲浪板，不都是享受海边乐趣的必需品吗？原来如此，在阳光灿烂的海边读书，在夏威夷已经是一种常事了啊。

不仅是小商店里有旧书区，房间里也有一个小小的图书室，里面摆满了平装书，应该都是之前住过的客人留下的。这里的书当然都是可以免费读的。我还在这堆书里发现了一本田边圣子的文库本，大概是之前住在这里的日本游客留下的吧。

※※※

在夏威夷，为了不输给其他人，我也戴上墨镜，开始在海边看书。但是，我总是读到一半就感觉脑袋迷迷糊糊的，没法继续读下去。不管怎么说，那可是在烈日下读书，和在树荫底下读书是两回事。我"呼——"地长出了一口气，一边擦着汗，一边琢磨着这么热怎么看书啊，但环顾四周，绝大多数人依然在看书。有读推理小说的，也有读托马斯·曼的。这些人到底为什么非要这样在大太阳底下看书？经过一番思考（话虽如此，但毕竟是顶着烈日，算不上什么正经思考），我得出了这样的结论：

（1）其实他们压根没在读书，而是在机械地浏览着文字，书只是被他们拿来当作日光浴的借口。

（2）虽然可能确实在读书，但他们并不在意书中的情节或观点。如果读到勉强能将晕晕乎乎的脑子唤醒的词句，那就是大收获了。

不过，书的魅力，也许本来就在于此吧。

※※※

我最近光顾着读绘本了。工作间隙,早、中、晚加在一起,一天大概要读十次绘本。这十次里,有时是不同的绘本,有时是反复读同一本绘本。

我在某本杂志策划的一个名为"来聊聊绘本吧"的活动上,遇到了翻译家大久保宽,他女儿快三岁了。他说,虽然绘本的字数很少,但一天能读十次绘本,这个阅读节奏还是很令人叹为观止的。他对我表示赞许,说他自己读个三四次就读不下去了。

这样聊着聊着,我们聊到了一个关键的问题:绘本算书吗?我们俩一致认为,绘本大概不算书,参加活动的其他人也都对此表示认同。我给出的理由如下:

"一般来说,看书常常是为了独处而找的借口。但是,给人读绘本,或者让人给自己读绘本,是为了让两个人待在一起的借口……完全是两码事吧。"

不过,对那些自己一个人看绘本的孩子来说,这个问题的答案又是什么呢?

※※※

准备考试的时候，我拿着红色铅笔在参考书上到处画线。这里必须记住，这里也必须记住，不知不觉，整张纸都被红笔画满了，但我其实根本不知道到底哪部分才是必须记住的。那么，接下来用蓝色铅笔把真正必须记住的内容画线标出来吧，虽然制订了这样的作战计划，但结果与之前相差无几。最后书被画得五颜六色的，更搞不清楚到底哪部分才是必须记住的内容了，让人头疼。

虽然我会在参考书上毫不留情地画线，却几乎不会在参考书以外的书上画线。理由有两个：

1. 潜意识里有"不能把书弄脏"的想法。（参考书与其说是书，不如说更像是笔记。）

2. 到底是不是重要的内容，有没有画线标记的价值，我没有自信去判断这些。

这是我初中时的事了。那时我生活的世界实在是太不自由了。

※※※

我列举了自己无法在参考书以外的书上画线的两个理由，我想这两个理由的成因大致如下：

理由（1）：当然是规训的结果。必须爱惜书籍，日本自古以来就存在着这样的规训，我也在

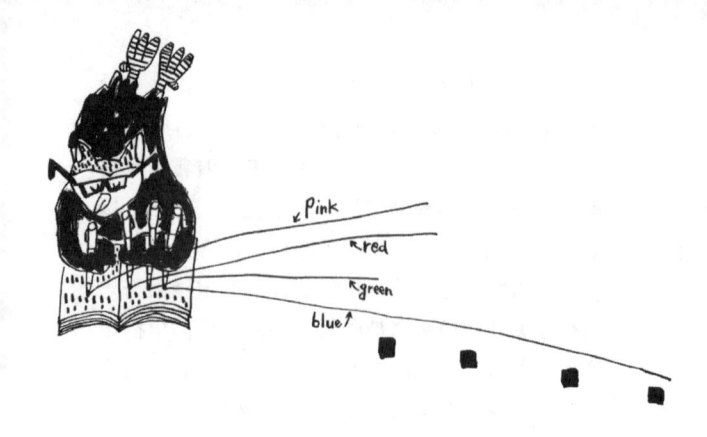

30 ●从上至下，译文依次为：粉色，红色，绿色，蓝色

不知不觉中接受了，所以对把书弄脏这个行为感到抵触。

理由（2）：一定是大脑长期被应试思维浸淫的结果。语文题里不是经常有那种题目吗，是叫长篇阅读来着的吧？给出一篇篇幅很长的小说或随笔，然后提问"作者最想表达的是什么？把体现其中心思想的句子找出来"。习惯了应付这种问题之后，即使自己已经可以自由地看书了，却还是会按照一直以来的习惯，歪着脑袋思索：嗯……这里是作者真正想表达的内容吗？不对不对，刚才那里才是吧。

我第一次在书上画线是什么时候呢？是初中快毕业，还是刚上高中的时候来着？虽然记不起来具体时间，但画线时那种战战兢兢的心情仍记忆犹新。我无法像对待参考书那样，拿着红色或蓝色的铅笔毫无顾忌地画线，而是用普通的黑色铅笔轻轻地画了一条可以随时擦掉的、很浅的线。归根结底，还是我对画线的自己没有自信。

让自己产生共鸣的段落、激励自己的段落、给当下的自己带来启发的段落，我在这些地方都画了线。但是，我又不禁怀疑，这些被现在的我画了线的部分，对作者来说是不是其实是无关紧要的部分呢？是不是与这本书的本质无关的部分呢？

应该优先考虑的是作者,还是阅读这本书的自己呢?

刚开始在书上画线时,我觉得答案应该是作者。

※※※

1984年,在纽约,小说家皮特·哈米尔(Pete Hamill)送了我一本名叫《与尤多拉·韦尔蒂的对话》的书。闲聊时,我们不知怎的聊起了韦尔蒂,哈米尔说:"对了,我正在看她的演说集。"我问:"咦,还有这样的书吗?""嗯,刚出版的,我好像放在工作室里了。"于是,我们就顺便去了他工作室所在的切尔西宾馆,他大方地表示"这本书就送给你吧"。

和他告别后,我翻开那本书,发现书中到处都被画了线。黄色的荧光马克笔肆无忌惮地在书中各处留下了痕迹。我虽然也有点纠结,这样被画满了线的书,我收下真的好吗?但还是不由得暗喜,嘿嘿,真是得到了好东西啊。

因为这样的书,虽然看上去是一本,但感觉就像是两本书一样。虽然书本身是"韦尔蒂的书",但如果把哈米尔画线的部分专门挑出来读,不就成了"用韦尔蒂的书制作的哈米尔的书"了吗?

一部制作中的书!

被你已读「未读」的……

UNREAD

书名	作者
我的评分	阅读日期
喜爱金句	
我的书评	

请在下方书写翻译

from 朱（姓） A君 → to DR三省 朱自省 +99

使用说明：
沿虚线条将书卡折开，即可获得1张"未读№.小卡"。随身并妥善携带，伴你/你所爱之人走过山海湖海，卡片颜色多多，又柳随意使用。

注："未读"，未读之书，未经之地。一个小日子出版，真有想象力的新新精神的各类文化品牌，为你带来有意思、实用、涨知识的新奇阅读。

本书如需授权请联系「未读」所有

© 未读Unread 看见更多未读精彩
获得精选福利/关注/投稿

图下方均注明出处

●从上至下，译文依次为：保持公园洁净，热狗，冰镇汽水，书汁，薯条

没错,画线的人在画线的时候,其实也在创作一本全新的书!

※※※

读了解剖学家养老孟司的文章,我才知道读书还有临床阅读法。那是一种不沉迷于书的读法,简而言之,就是一种清醒的读法。读者在阅读时要一直注意不要让自己沉浸进去。养老孟司这样写道:

"不是单纯为了享受而读的书,当然就是严肃的书了。我会用临床阅读法来读这样的书。面对作者这个患者,在听对方倾诉时要尽可能地保持冷静。否则,就会和患者产生共鸣,而这在某些情况下是非常危险的。人的共鸣能力出乎意料地强。如果和奇怪的人产生了共鸣,就会很麻烦。精神科医生对此都深有体会。"(《筑马》,1994年3月号)

作者是患者,其著作就是患者的倾诉,这种观点非常有趣。并不是走进作者的故事,而是在尝试窥探写下这些内容时作者的内心,也就是说,这是一种甩开作者的阅读方法。这时,读者阅读的并不是作者的著作,而是作者本身。

●译文为：仅限于书

※※※

虽然养老孟司只在读"严肃的书"时才会使用这种阅读方法，但其他书籍其实也可以用这种方法去读。在读一些内容无趣、言之无物的书时，不去抱怨"这是什么无聊的破书，太言之无物了"，而是尝试带着"到底是什么人才能写出这么无聊、这么没有内涵的书"的想法去读，就是临床阅读法。

用这种阅读方法的话，嗯，即使是像垃圾一样的书也可以读得很享受了，不过，也只是理论上如此。那种无聊的书，一般等不到读完就丢一边了，更重要的是，很难有闲心去琢磨写出那种东西的人。

所以，临床阅读法并不怎么让人开心。约翰·欧文（John Winslow Irving）的《盖普的世界》（*The World According to Garp*，新潮文库）* 中的主人公，作家盖普的阅读方法，与养老孟司的临床阅读法相比，具有另一种意义上的临床性质。他在书中这样写道：

---

* 中文版译名为《盖普眼中的世界》。

"对作家来说,没有为了快乐的阅读。作家在读书的时候,总是在思考自己应该怎样去写作。"

※※※

我读了松冈和子对戴维·洛奇(David Lodge)的《好工作》(Nice Work,大和书房)一书的书评,哎呀哎呀,她的阅读方法可真奇怪。我说的并不是她解读这本书的方式,而是她读书的风格。为了写书评,她开始阅读译本,但译本是两栏排版,并且相当厚,在通勤的电车里读起来很费劲,于是,她心生一计,在电车上的时候,就读比较轻的原版平装书,回到家以后,再重新读一遍译本。(《文学界》,1992年2月号)

很不巧,我没有这样的经验。记得以前高中和大学时上语言学课的时候,桌面上放着原著或者教科书,膝盖上放着译本,一会儿看上面的,一会儿看下面的,可把我忙坏了。不过,我从来没试过这样接力式地,按照日语→英语→日语→英语的顺序读完过一本书。所以,我很好奇那会是怎样的感觉。

"毫无违和感,值得赞叹。"松冈说,她说这证明译本的翻译相当出色。如果真是这样的话,

38 ●从上至下,译文依次为:《泽尔达》,南希·米尔福德

那确实很厉害。因为这种接力式的阅读方式应该是最能感受文章节奏的，读起来没有违和感，也就是说译文完全没有破坏原文的节奏。

※※※

小说家中村真一郎曾写过自己的一个有趣的发现。

上了年纪以后，视力越来越差，看书也变得费劲了，但是他突然发现，看英文书并不让他觉得那么费劲。他想，是不是因为英文字母笔画简单，所以读起来轻松呢？于是又去看了中国最近出版的经典注释本（据说大多是横向排版的），发现读起来也很轻松。于是他灵光一闪：

横排文字（横向排版）对人眼来说才更舒服啊！

他将自己的发现告诉了医生，医生听后平静地回答道：

"当然了，因为人的眼睛就是横着长的。"

这说的是什么话啊，我心想。中村却恍然大悟，然后推论道："日本人从小开始，就一直让神经处于紧张状态，戴眼镜的人很多，大概也是这个原因吧。"（《日本经济新闻》，1992年1月17日晚报）

就当是这样吧。话说,松冈女士交替阅读了英文版和日文版的《好工作》,不知道她的眼睛感觉怎么样呢?

※※※

我很不擅长快速阅读。在快速阅读时,看竖向排版的书要从页面的右上到左下,看横向排版的书要从页面的左上到右下,一边用余光浏览四周的文字,一边迅速捕捉文字所描写的氛围,视线迅速下移,抵达页面底部之后,再瞬间将视线移回下一页起始的地方,竖向排版就回到右上方,横向排版就回到左上方,然后再沿着对角线快速浏览到页面底部,这种阅读方法对我来说是行不通的。如果我这样读书的话,就会发生这种情形:咦,刚才好像有什么动了一下,忍不住想追上去看看,等回过神来,才发现自己已经晕头转向了。我只能趴在地上,拼命捡拾着散落在周围的文字。

以前还是学生的时候,我听到过关于某位老师的一个传说。有一年夏天,有人路过研究室的时候往里一看,发现那位研究狄更斯的专家老师正一边吹着电风扇,一边抱着胳膊读一本很厚的书。电风扇左右摇摆,每隔十秒左右,就会朝着那位老师的方向送风。吹来的风会翻动那本书的书页，而那位老师始终那样两只胳膊抱在一起看书。

就算是速读，竟然能快到这种程度，实在是令人毛骨悚然。

※※※

大冈玲写过一篇名为《速读》的小说。因为我非常不擅长速读，有时会觉得不可思议，搞不懂人为什么要那样快速阅读，所以我一看到小说的标题，就迫不及待地读了起来。我想了解的只有一件事：进行快速阅读的时候，人们究竟是在读书里的什么呢？（《海燕》，1992年5月号）

《速读》的篇幅很长，嗯，是一部具有实验性的作品。体裁是将篇幅长得吓人的小说缩略而成的形式，由几个"梗概"和几个"正文"构成。读了"梗概"之后，再读"正文"，原本那篇长得吓人的小说的全貌便逐渐浮现了出来。

读了这篇名叫《速读》的小说后，我明白了一件事。那就是，进行快速阅读的时候，人们首先读的是"梗概"。没错没错。比如，有人拜托我写书评时，我也不得不努力进行快速阅读，那是因为我有一种必须抓住"梗概"的紧迫感。不过，要是故事结尾来个大反转就麻烦了。

※※※

如果快速阅读是为了抓住故事梗概，那么不擅长快速阅读，不就意味着不擅长概括故事梗概了吗？

没错，至少对我来说确实如此。没有比概括故事更让我头疼的事了。以前，我曾被要求做审读的工作，但我实在是一个无能的审读人。所谓的审读，就是阅读近期出版的新书，向编辑报告这本书讲的是什么样的内容，如果审读的是小说，至少也要在报告中写一下故事的展开，也就是情节。但是，一旦要把故事梗概写到纸上，我就怎么也写不出来了。不仅如此，更奇妙的是，任何小说都让我感到是无聊的、陈腐的。所以，我总是带着写得七零八碎的故事梗概去和编辑报告，不足之处就用口述来补充："故事的情节姑且不论，有个很不错的场景，比如……"

我很快就被炒鱿鱼了。但是，那份工作让我明白了一件事：

情节什么的都无所谓。场景，场景才是一切。

※※※

　　致力于马塞尔·普鲁斯特的大作《追忆逝水年华》个人全译本的铃木道彦曾经写道，弗朗索瓦丝·萨冈正是因为读了普鲁斯特这部大作中的一小部分，才成为他的忠实粉丝的。

　　小说家萨冈断言"从普鲁斯特那里学到了一切"，据说她原本只是偶然读了放在手边的那部大作的第六卷《失踪的阿尔贝蒂娜》（中译本译为《女逃亡者》）中的一节，但是读完之后，她立刻被迷住了，成了普鲁斯特的忠实读者。（《昴》，1992年7月号）。

　　嗯……原来是这样啊。随机的阅读也不可小觑呢。原来只是随机挑选一部分来读，人生就会发生翻天覆地的变化啊。

　　现在，我们试着大胆想象一下。如果萨冈从第一卷《在斯万家这边》开始认真阅读，那她还会被普鲁斯特迷住吗？

　　她还会断言自己"从普鲁斯特那里学到了一切"吗？

　　我的答案是，不会。

　　这就是随机阅读的妙趣。

※※※

中国作家莫言，因为他的作品风格是魔幻现实主义，而一提到魔幻现实主义，就不能不提加西亚·马尔克斯，所以很多人都说莫言的作品一定受到了马尔克斯很大影响。

在一次访谈中，藤井省三直截了当地问莫言："怎么样，你的作品是否受到了马尔克斯的影响呢？"我读到这里不禁吓了一跳。而莫言给出了十分惊人的答复。（《海燕》，1992年4月号）

他姑且先回答的确受到了影响，然后藤井又问他，比如受到了哪些作品的影响，他有点为难地说道：

"马尔克斯的书我基本都读过了，但都没能读完……（笑）其实甚至连半途而废都说不上……（笑）比如马尔克斯的《百年孤独》，我读了两三页就受到了冲击，大脑陷入了无法抑制的兴奋状态。（中略）完全不是能通过阅读一本书来进行学习的精神状态。"

莫言在读马尔克斯的作品时也是随机挑着读的吧。随机阅读的妙趣在这里被体现得淋漓尽致。

※※※

●从左至右，译文依次为：《人间喜剧》，

威廉·萨洛扬，《百年孤独》，加西亚·马尔克斯，托马斯·品钦，《盖普的世界》

在面向儿童的书里，经常能见到一些成人书的精编版。《汤姆·索亚历险记》《彼得·潘》《灰姑娘》等名作都被删减、整理成了更简短的版本。删减的方式有很多种，根据删减方式的不同，精编版的长度也有所不同，因此精编版有很多种类型。有些书的精编版会微妙地，有时甚至是大胆地修改原书的内容。

不过，我家附近图书馆的童书区几乎没有这种成人书的精编版。只有极少数的几种。既不是因为精编版太多了难以收集，也不是因为图书馆里书太多了放不下。

有一次，我问有没有更容易读懂的版本，图书馆馆员是这样回答的：

"我尽量不放精编版。读过精编版故事的孩子就不会再去读原版了。"

这个观点乍一看似乎正确，但真的正确吗？

※※※

以前有个诗人，我忘了具体是谁了，在接触了宫泽贤治的作品之后，写了一篇关于作品精编版的神奇之处的文章。

那位诗人很喜欢宫泽贤治，从小就开始读他

的作品。但是，在逐渐长大的过程中，他发现即使是同一部作品，也存在微妙的差异。课本里收录的怎么看都和自己读过的不一样。明明是同一部作品，却总觉得不一样。他很快就明白了其中的原因。他以前读的是精编版，后来读的是原版。这就是他觉得文字不一样的原因。诗人因此备受打击。不过，他并不是因为觉得"有这么优秀的原版，自己却只读过精编版，失算了"而受到打击。这种打击远不是这么简单的得失计算，而是更加深层次的恐惧。诗人困惑了。

——之前读的也许确实是精编版，但是，后来读的又如何能保证就是原版呢？即使是原版，不也是经过贤治反复修改删减后完成的吗？如果是这样，那么真正的原版，和自己读到的原版，应该也是两回事吧？

※※※

诗人陷入了沉思。

——我终究是接触不到原版的吧。

——那么，我无法接触到的那个最初的原版，究竟讲的是什么内容呢？

诗人陷入的这种迷惘和迷惑，实在令人胆战

心惊，甚至近乎危险。这完全是被吸入了作品这个迷宫的状态。

我家附近的图书馆馆员说："我尽量不放精编版。读过精编版故事的孩子就不会再去读原版了。"如果她知道这位诗人对于原版的困惑，就会明白她的观点听起来实在是太肤浅了，听起来太乐观了。因为这个图书馆馆员认为，原版随时都在那里，随时都可以抓住。

※※※

我既没读过，也没碰过，所以以前完全不知道达尔文的《物种起源》这本书原来是精编版。

香内三郎写过一本读起来非常痛快的书《畅销书的读法》（NHK出版），在那本书里，提到了《物种起源》这本书的全名是《论借助自然选择（在生存斗争中保存优良族）的方法的物种起源》*。据说，作者达尔文坚持要在冗长的书名中再加上"abstract"，也就是"摘要"这个词，让出版社很为难。

---

* 英文书名为：On the Origin of Species by Means of Natural Selection, or the Preservation of Favoured Races in the Struggle for Life。

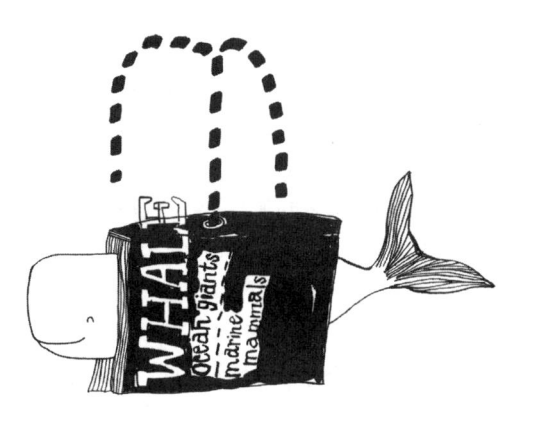

●从左至右，译文依次为：鲸，海中巨物，海洋哺乳动物

原本达尔文在以缓慢的节奏进行研究时想出的书名是"Big Book"，当然这只是暂定名，不过还是有种让人望而生畏的感觉。但是，有一天，突然有人寄来了一篇研究内容和他几乎一样的论文，达尔文周围的人都大惊失色，于是慌忙决定尽快出版《物种起源》一书。

但是，达尔文不愿放弃"Big Book"的规划，坚持认为《物种起源》这本书只是其摘要的一部分，因此坚决要求在书名中加上"摘要"这个词。

那么，《物种起源》的原版"Big Book"，最后是否得以面世了呢？

※※※

小说一般不会附带索引，但自传、传记和学术书一般会在书末附带索引。对这几类来说，是否有索引，很大程度上左右了这本书的价值。所以在买这类书时，我首先会确认书中有没有索引，有的话就可以按索引阅读了。

我想喜欢按索引阅读的人应该很多，这是一种以索引为线索来阅读正文的方法。

索引一般都是将人名、地名、组织名等固有名词按英文字母顺序排列的（不好意思，我这里说的是英文书），如果做得细致，索引中的每一项都会附有详细的内容摘要。例如，我手边有一本卡罗琳·卡萨迪（Carolyn Cassady）的《不在路上》（off the road），在索引中的"凯鲁亚克、杰克"条目里，有关于"与卡萨迪夫妇在旧金山的时光""在铁路上工作""《在路上》（on the road）的出版"等内容的摘要，并且标明了相应的页码。这样，读者就能按索引的标注立刻找到自己感兴趣的部分来读。

没错，有点类似电脑上的随机访问（Random Access）。

※※※

一旦体会到了按索引阅读的妙趣所在，就会变得欲罢不能。不管是想读喜欢的内容，还是想查找信息，都能依靠索引迅速解决。如果很在意自己阅读的部分在整本书文脉中起的作用，那就必须从头开始仔细阅读，否则就无法安心，但如果对此并不在意，那么按索引阅读就是一种令人心旷神怡的阅读方式。

※※※

这也算是选读的一种方式吧。但是，与哗啦哗啦地随意翻着书读，或是随便翻开一页开始读的传统选读（好奇怪的说法）相比，按索引阅读会让人感到无限的自由。不，与其说是自由，不如说是解放的感觉。不，更坦率地说，是让人没有自己正在读书的感觉。

不对不对，让我再说得更清楚一点吧。

按索引阅读的快感，来自把书拆解得七零八落。而这种快感来自对书籍整体性的践踏。

※※※

因为索引通常在一本书的结尾处，所以按索引阅读也可以说是从后往前阅读。一般来说，读书都是从前往后开始阅读的，单从这一点来看的话，这种阅读方法并不是真正的阅读。

但是，面对那些体量巨大的书时，我们不禁会产生一种"到底能不能读完呢"的紧张感，这种对于读书的窘迫感，大多时候都是因为"书要从前往后读"这一约定俗成的规矩。按索引阅读之所以能带来快感，就是因为它打破了这种规矩。我们想从哪里开始读都可以。

第一次读到胡里奥·科塔萨尔（Julio Cortázar）

的《跳房子》(Rayuela, 水声社)和米洛拉德·帕维奇(Milorad Pavić)的《哈扎尔辞典》(Dictionary of The Khazars, 创元 Library)时,我感到无比惊喜,因为要阅读这两本书,都需要打破"书要从前往后读"这种常规。

科塔萨尔的书想从哪里开始读都可以,似乎是为了让我进行跳着读的练习,而帕维奇的书则是将按索引阅读的趣味发挥到极致的百科全书风格。

※※※

香内三郎在《畅销书的读法》一书中写道,创作了《莎乐美》并写过很多书评的奥斯卡·王尔德认为小说就应该从最后开始看。

"一旦知道了结局,那么无论是看到英雄在千钧一发之际脱离危险,还是看到女主人公深陷于苦恼之中,都不会让内心产生波动。"

王尔德想说的到底是什么呢?香内是这样解释的:

"王尔德批判的是读书时像做白日梦一样被英雄或女主人公同化,让自己完全沉浸在小说所编织的异界中的读者,以及这种阅读方式(不吃不睡地沉迷于阅读)。让自己投身于这个自给自足的封闭世界,也许是最能激发快乐的途径,但王尔德对此并不认可。这种与作品的世界零距离的阅读方式,反而会妨碍想象力的展开,无法从阅读中获得真正的收获,只会平白产生无益的感情。"

※※※

有人认为,阅读正文之前先读"评论"或"后记"会减少阅读正文的乐趣,所以还是不读为好,但我认为这倒也未必。比如,我就是在读过关于美国诗人罗宾逊·杰弗斯(Robinson Jeffers)的长诗《瑟尔角的女人》(The Women at Point Sur.)的评论文章之后,才对这首诗歌产生浓厚兴趣的。

这首长诗于1927年在美国发表,在杰弗斯校对校样稿时,正好有一桩控告西奥多·德莱塞在《美国悲剧》一书中淫秽内容的官司正闹得沸沸扬扬*,杰弗斯担心自己也会被卷进官司,于是对诗作反复进行修改。不管怎么说,这确实是一首相当淫靡的诗。那篇评论里提到,诗人将"如象牙和黄金般婀娜多姿的姑娘们爬到你的脚边,颤

---

* 1929年,《美国悲剧》被认为违反了马萨诸塞州的反淫秽书籍法令,遭到查禁,即"公诉人诉弗雷德案"。

●译文为：读书吧

抖着身子向你请求：'请刺我吧'"这一节中的"刺我"（stab）改成了"爱我"（love）。

怎么样，读完这样的评论，是不是突然想去读读正文了呢？

※※※

说实话，我之所以会购入杰弗斯的《瑟尔角的女人》，并不是因为读完评论特别想看。以前集中阅读达希尔·哈米特（Samuel Dashiell Hammet）的作品时，我了解到哈米特非常痴迷杰弗斯，所以从那时我就决定一定要看看杰弗斯的书。毕竟，哈米特曾在1932年这样评价过杰弗斯的作品：

"这是我读过的最棒，也是最残酷的故事。"

怎么样，这样一来，哪怕只是对哈米特有点兴趣，也会想读读看吧？要想了解一个人，有时就需要去读他读的书。

哈米特对杰弗斯的痴迷也引起了很多人的关注，在1982年由维姆·文德斯（Wim Wenders）执导的以哈米特为主角的电影《侦探小说》（Hammett）中，有一个镜头就是弗雷德里克·福瑞斯特（Frederic Forrest）扮演的哈米特独自一人读着《瑟尔角的女人》。说实话,当时一看到这个镜头,我立刻就很想要这本书。

※※※

"评论"和哈米特的组合让我想起来,在哈米特某本书的译本中,一位非常亲切的译者写的后记非常触动我。那篇后记就像在说,请读了这篇后记之后再读正文。或者说,请大家看了这篇后记之后再决定是否要买这本书。其中有这样一段话:

"原著是用第三人称多视角写的,在翻译成日文时,为了让文本更易读,统一成了路易丝·费舍尔这一种视角。"(《从黑暗中来的女人》*,集英社)

一开始我感觉非常荒谬,心想,这个译者到底在想什么?小说的视角,不就是小说的生命吗?竟然为了方便阅读而擅自改了?

但是,转念一想,我又改变了看法。这位译者只是想说,译文和原著是两回事,是想告诉读者,认同这种做法的话再买这本书。

你看,有时也需要先从"评论"开始读。

---

* 中文版书名为《暗夜女子》(新星出版社,2013)。

※※※

我完全迷上了谷泽永一的《回想开高健》（PHP 文库），在这本书中，谷泽阐述了阅读评论的乐趣。

"我的恶趣味是，对文学作品本身当然也很喜爱，但同时还沉迷于涉猎作品的形成史和评价史。虽然没有对任何人说过，但从很久以前开始，我就悄悄地将这种爱好自称为'评论阅读'。确实，我自己也觉得滑稽，但无论什么书，首先吸引我的都是它们的序、跋、评论，或者说得难听一点，是它们那些附属品。不管别人如何评价，这些在我看来就是比什么都有趣，我对此也无能为力。

"因此，我自然一直对国内外与各种作品相关的文学评论的公式化很反感。一方面，我知道人们有喜欢对别人的作品妄加评判的恶习，我自己就是这种恶习最严重的人；另一方面，我也大致知道，世上的评论十有八九都不过是陈词滥调而已。"

怎么样？即使只是读评论，也会有意想不到的收获吧？

※※※

我没法边走边读书。看书正入迷却不得不迈开腿的时候（要下电车了，或是忽然和别人有约要出门），也尝试过一边走路一边读书，结果最多走个十来步就读不下去了。理由也很简单：害怕撞上人和车子。

但是，编辑津野海太郎就不一样了。他经常边走边读书，甚至断言："在我读过的书里，以广义上的边走边读这种方式读完的是最多的。"更甚的是，在走夜路时，他也能边走边读，还总结了这样别具一格的心得："快走到路灯附近时，书页会变得越来越亮，远离路灯时则会越来越暗。"这对他来说根本没什么大不了的。（《独自行走的人》，筑摩文库）

按照津野的说法，边走边读的时候，最容易撞到的并非行进中的人或车子，而是静止不动的东西。特别是（1）停车场的车，（2）公园入口处挡车的抬杆，这两样非常危险。这样啊。那只要对这两样东西多加注意，就可以边走边读了啊，我有点恍然大悟，不过，要一直注意有没有停着的车，有没有挡车的抬杆，到头来，我大概还是没办法边走边读。

※※※

津野之所以会边走边读，并不是因为太忙。

"以我的情况来说，在路上、咖啡店里、地铁里读书都是理所当然的事，在自己房间书桌上读书的时候反而很少。不过，边走边低着头专心读书的样子总会让人联想到二宫金次郎*什么的，也让我很头疼。在外面边走路边看书，而待在房间里则一边看录像一边发呆，这就是我。"

这么说来，我虽然不能边走路边看书，但会在电车和公共汽车上看，而且我非常喜欢坐车时看书。特别是坐在公交车的单人座位上读书，简直太棒了。如果那个座位就在司机后面，也就是最前排，嗯，那简直就是人间天堂。公交车进站了，急匆匆地上了车，发现那个座位居然还空着时的那种喜悦——那是无可取代的幸福。

只要占据了那个座位，就算堵车我也觉得开心。或者说，我甚至会希望堵车。因为我迫切想在那个位子上多坐一会儿。然后，一边看书，一边看着外面逐渐变化的风景。在这样的路途中，我逐渐被幸福感包围。

※※※

---

* 二宫金次郎：日本江户时期著名思想家，日本各地都有他边走边低头读书模样的造像。

●从左至右,译文依次为:斯特兰德书店,购自图书馆

在这个世界上，不，应该说是在日本，有两种人，一种是带着书店给包的书皮看书的人，另一种是摘掉书皮看书的人。以前我还是学生的时候是前者，现在则是后者。

不过，在这两大类下面，其实还有各种各样的细分类型。前几天，有个带书皮派的朋友给我讲了自己的习惯，让我惊叹不已。他说自己在看书的时候，首先要把书本身的封面摘掉，在光秃秃的书外面套上书店给的书皮。读完之后，取下书店给的书皮，书又变得光秃秃的，然后他会把书分类为（1）重新套上原来封面的书，（2）将原来封面作废的书。（1）拿去卖给旧书店，（2）放到书架上。

为什么（1）拿去卖给旧书店？"品相好的话比较好卖。"原来如此。因为是商品，所以品相要好啊。

为什么要把（2）放到书架上？"这样不带封面的书，时间一长，颜色会变得很好看哦。嘻嘻。"

原来如此。

顺带一提，这位男性朋友超级喜欢猎奇向的书。

※※※

我是在阅读津野海太郎的《书与电脑》（晶文社）时得知"expanded book"这种电子书的存在的。这种电子书，虽然是将文本显示在电脑屏幕上，但可以自由改变页面显示的格式（这有助于转换心情），还可以自由放大文字（这样眼睛就不会感到疲劳），其功能不可小觑。如果眼睛看累了，还可以切换到读书音频，这个功能太棒了，我不禁拍案叫绝。

不过，我有点担心，切换到音频的时候，那个声音会不会抹杀之前用眼睛阅读时的感受呢？毕竟，如果之前看书一直是跳着读的，换成一字一句认真朗读的音频就会让人厌烦，首先阅读节奏就会被打乱。

或许它可以加速播放？

或许它还会根据之前默读时的速度，自行调整到适合自己阅读的速度？

不过，我们的阅读速度并不是一成不变的。

我有个朋友，看书的时候一定要躺着看。可以躺在沙发上、榻榻米上、床上，还有各种各样的地方，总之，一定要躺着看才行。

所以，当他看到弗朗索瓦·特吕弗（François Truffaut）的电影《零用钱》（*L'argent de poche*）中，

有人给受伤后卧床的人送了一台可以躺着使用的读书机器时,立刻眼前一亮,非常想给自己也搞一台这种机器。

遗憾的是,我没看过那部电影,不知道是什么机器。是仰卧专用、俯卧专用,还是侧卧专用?还是说,这种机器已经能适应所有读书姿势了?

还有,翻页要用手吗?还是说手边专门有个翻页的开关?

但不管怎样,应该是要固定在某处来使用的吧。朋友并非因为伤病卧床不起,只是喜欢躺着而已。所以,那种固定式的机器对他来说会不会用着有点憋屈呢?

※※※

要说躺着看书用的机器,我认为最好是能藏在书里,而不是固定在某处。如果把书固定在台灯上,看书时就会忍不住去在意台灯的存在。因此,为了避免这种情况,我们需要在书中内置一个悬浮装置,让书可以自己浮在空中。而且,看书的人稍微改变姿势的话,书也会随之移动,飘浮到看起来最舒服的位置。

翻页的时候也是,书可以根据看书人的节奏自

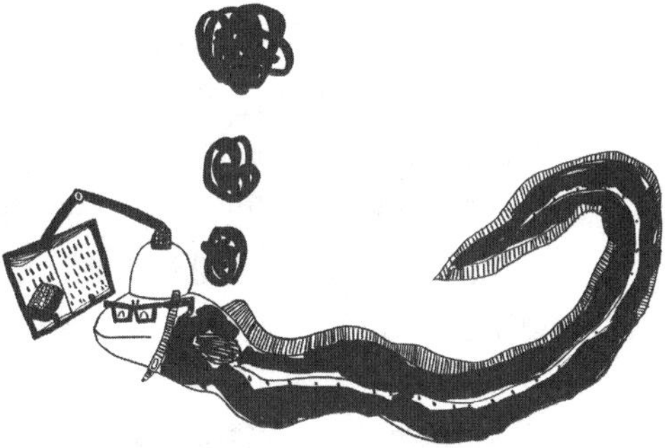

己翻页。看书的人只要发出一声"嗯"或者"啾啾"的声音,书听到之后,就会自己翻到下一页。

但是,这样一来,让人头疼的问题就变成了阅读的时候必须保持安静,因为书会对声音产生反应,如果不保持安静,书就会自己不停地翻页。另外,对阅读速度快得吓人的人来说,这个系统可能用起来有点难受。因为必须一直发出"嗯、嗯、嗯"的声音。还有,睡到一半开始打鼾的话,也会出现大问题。书一听到鼾声,就会开始一页接一页,没完没了地翻起来了。

※※※

很多人都说过,自己看书时读着读着就入迷了,回过神来才发现已经是早上了。但说实话,我很少有这样的体验。在很久以前的学生时代,有过两三次,不过,其实也是因为时间渐渐接近早上,所以有意识地想着,哎呀,至少也要尝试一次这样的体验吧。并不是可以用"入迷"来形容的状态。

但是,读着读着就迷迷糊糊地进入梦乡,回过神来已经是早上了,这种情况倒是经常发生。看书的时候睡着,尤其是躺着看书的时候,是再正常不过的事情了。醒来后,我会赶紧关掉一直开着的灯,然后正式睡觉。

有时睡得很沉,完全清醒过来之后,就会心血来潮地想着"那就趁此机会接着往下读吧",于是一直读到了天亮。不过,这和"读着读着就入迷了,回过神来已经是早上了"多少有些不同。能读到早上的人,是如何与睡魔达成和解的呢?真是不可思议。

※※※

对我来说,读到一半放弃需要很大勇气。有些书读着读着,就觉得很没意思,感觉继续读下去只是在浪费时间,却很难下定决心放弃。

当然,我有很多读到一半就放弃了的书。简直是堆积如山。但是,这些并不是我下定决心"坚决不读了!"的书,而是在不知为何就是不想读下去的暧昧心情中,不知不觉就不读了的书。我想,那些书读了一半就不往下读了的人,大部分都只是拖拖拉拉才没读完吧。

为什么不能毅然下定决心呢?

(1) 因为觉得好不容易才读到这里?

(2) 因为觉得今后没准哪天会觉得这本书有意思?

不管是哪一种，我之所以无法下定决心放弃，似乎都是因为我的内心很寂寞。这是内心贫瘠的表现。

※※※

偶尔，我也会读到一半然后下定决心放弃。这样的话，就是大事件了。因为这种事很少发生，所以一般情况下，我都会拼命地到处宣扬："哎呀，实在是读不下去了，我直接就扔一边了。"或者："真是看得我上火，干脆扔进垃圾桶得了。"

说这些话时的心理相当古怪。我感觉自己好像成了一个颇有见识的评论家，成了一个拥有不可撼动的审美观和价值观的人。语气不由得变得傲慢起来，态度也变得高高在上。最后还会故意挑衅别人："哦？你一直读到最后了？真让人佩服。人类的包容心还真强啊。"

但是，我之所以会这么宣扬自己读到一半决定不读了的事，大概是因为我对自己毅然决然的态度感到非常高兴吧。因为觉得证明了自己的内心并不贫瘠而开心。所以才会自豪地摆出一副"我做到了！"的样子。

●译文为：读书体验协会

※※※

《芬尼根的守灵夜》(Finnegans Wake,河出文库)真是一部令人毛骨悚然的大作,文字在纸上怪异而愉快地跳来跳去,我的眼睛跟着转个不停,一会儿看看这边,一会儿看看那边,看到最后,发现根本无从判断自己到底读没读过这本书。很多人读完《芬尼根的守灵夜》都感到晕头转向,疑惑自己到底读了些什么。译者柳濑尚纪写的《芬尼根辛航纪》(河出书房新社)中提到过,绘本作家佐野洋子看完后的反应也是如此。在一次宴会上,她对柳濑说:

"这书是怎么回事啊!我本来打算把它扔下不管了。后来又捡起来,对,捡起来接着读了。然后又扔下不管,再捡起来,再扔下,再捡起来,就这么折腾了不知多少次才终于读完了。"

读到这里的时候,我突然想到,啊,又发现了一个无法放弃读了一半的书的人。

是啊,就算扔下不管,之后也还是会继续读,就这样反复直到读完。

※※※

散文家安妮·狄勒德（Annie Dillard）似乎也是个从小就无法下定决心中途放弃读书的人。她从图书馆借各种书来读，一本接着一本，不管哪本书，她都无论如何要读完。

"大部分的书都是读到一半就感觉不怎么样了"，虽然她（明明只是个小鬼）具备这样了不起的见识，但还是做不到读到一半就放弃。

她有时会有"开头非常好，但看到一半，感觉作者好像不知道该怎么往下写了"这样的感想，有时甚至会产生"读这种东西简直就是灾难"这样的感慨，却还是没办法半途而废。"等我长大，我绝不会搞砸我的生活。如果一切变得无趣，我就会出海。（I was forewarned, and would not so bobble my adult life; when things got dull, I would go to sea.）"（《美国童年》，*An American Childhood*，柳泽由实子译，帕皮利斯出版）——明明下了这样的决心，却下不了决心干脆地放弃手里没读完的书。

如此一来，我忍不住陷入了沉思。

难道爱读书的人大多都内心贫瘠吗？

还是说，只有内心贫瘠的人才会爱读书？

还是说，无法下决心扔下读了一半的书，其实和内心是否贫瘠并无关系呢？

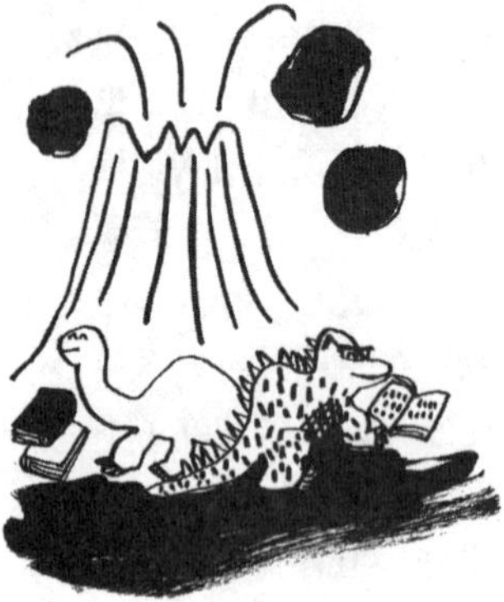

●译文为：里佐利出版社，纽约

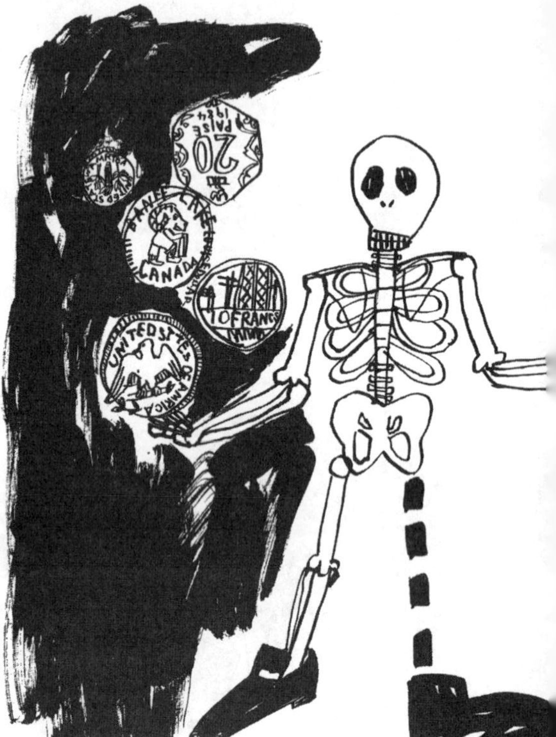
CANADA
10FRANCS

●从上至下,译文依次为:牛津大学出版社,复古经典

●译文为:《芬尼根守灵夜》,詹姆斯·乔伊斯

※※※

每次听到别人说"因为很有趣所以一口气读完了",我就忍不住嫌弃自己。我也不是没有过一口气读完一本书的时候,但平时更习惯慢条斯理地阅读。看看书最后一页的页码,再看看正在读的那一页的页码,我不由得长叹一口气。用拇指和食指捏起剩下的书页,看到那个厚度时,一种挫败感油然而生。松开大拇指,还没读到的那些书页就哗啦哗啦地翻动了起来,看着翻动的书页,我感到无比空虚。我读书时,似乎总是被这种挫败感和空虚感所笼罩。在《当哈利遇到莎莉》这部杰出的电影里,也有一个不擅长一口气读完一本书的男人。当听到一位女性对他说"听说你的性格有阴暗面"时,他答道:

"也许吧。每次买来一本新书,我总是先翻到最后一页。这样,即使我在读完这本书之前就死了,我也已经知道了结局。这就是我性格中的阴暗面。"

其实不知道结局才更快乐。我对这位其实一点也不阴暗的男人说。

法国电影《鬼火》的故事情节我已经忘得差不多了,但看完电影时的那种刻骨铭心的感动还清晰地留在记忆里。主人公最后用手枪自杀的时候,那种完全不是突发奇想的冷静,那种悠然从容的态度,让我的心灵为之震颤。

那个男人每天晚上都会拿出同一本书接着读。终于把那本书读完的那天晚上,他静静地合上书放在桌上,然后从抽屉里拿出手枪,紧接着,"砰!"的一声,他朝自己开了一枪。在最后一个镜头里,我们终于得以看到他读的是什么书。那是美国作家 F.斯科特·菲茨杰拉德的《了不起的盖茨比》。

以前,我会苦思冥想这个令人浮想联翩的结尾到底想要表达什么,但现在,我觉得其实很简单:人生很无聊,这本书也很无聊。他原以为,只要读到最后,就能感受到这本书的有趣之处,读完后却还是觉得无聊,无趣,于是他决定自杀。我觉得这样的解读更符合《鬼火》这部电影的沉闷气氛。我甚至认为,如果他读到一半就停下来,把书扔进垃圾桶,然后,"砰!"那样可能会更有冲击力。

※※※

蒂姆·奥布莱恩(Tim O'Brien)的作品《死者的生命》(*The Lives of the Dead*)描写了一位叫蒂姆的中年小说家在深夜的梦中与已逝的初恋少女相拥着滑冰的场景。在这个故事中,复活的少女以书籍和图书馆为比喻,讲述了什么是死亡。(《世界会无数次消亡》,筑摩书房)

"现在,"她说,"我并没有死。不过,死的时候……我也不太清楚,那感觉就像是待在一本没人读的书里。"

"书?"我问。

"很旧的书。放在图书馆的书架上,虽然被安安稳稳地保存着,但已经很久很久没有被谁借走了。我只是静静地等待着。每天都期待着有人能将我从书架上拿下来读。"

那么,这个比喻是否适用于长期摆放在个人书架上尚未阅读的书呢?

我觉得不行。因为在个人书架上,或者说,在我的书架上,虽然也摆放着一直放着没读的书,但与图书馆的书架上那些无人问津的书相比,它们基本上可以说是被人读过的书。当然,这里所说的"读过"包括好几种情况:(1)只有封面、目录和一点点正文;(2)封面、目录和一半的正文;(3)封面、目录和自己想看的那部分正文;(4)封面、目录和全部正文。

79

※※※

是谁规定读一本书必须读完的？不，等等，真的有这样的规定吗？仔细想想，完全没这回事啊。难道不是母亲告诫我说，如果你小时候连一本书都读不完，那长大以后就什么都做不成吗？只是这种规训潜移默化沉淀在意识的最深处了吧。自古以来就流传着许许多多关于书的注意事项，比如不能撕书、不能踩书等等，必须把书读完也是，或许也不过是和书有关的一种规训罢了。

但是，在黛布拉·斯帕克（Debra Spark）的《青蛙们死去的夏天》（Summer of the Dead Frogs，筑摩书房）中，却有一位根本不把这些规训放在心上的父亲。他是个非常爱看书的人，卧室里堆满了书，饭后也会拿出好几本来看。但是，他有一套独树一帜的读书规则。

"我不读小说。别的书也不会读完。"

（古屋美登里译）

罗马帝国史读20页，汽车相关的书读15页，宇宙相关的书读25页，他就是这样一本接一本地读书的。怎么说呢，这样的人的确也是有的。但是，很少有人会给自己制定"不读完"的规则。

●译文为:克诺夫出版社

※※※

有部法国电影名叫《达尼尔阿姨》(Tatie Danielle)，主角可以说是法国版的坏心眼奶奶*。这个达尼尔阿姨忙里偷闲，拼命抽时间看书。她看书的时候，给人一种很有品位的老婆婆的感觉，让人忍不住怀疑，刚才做的那些坏心眼的事都是假的吧？不过，她的好品位和坏心眼似乎是并存的，才一眨眼，她就又做出了令人意想不到的坏事。

她读的总是同一本书，或者说，她一直都没读完那本书。那是芭芭拉·卡兰德(Barbara Cartland)的作品，从屏幕上看不出书名。不过，芭芭拉是位浪漫小说作家，所以应该就是那一类型的小说吧。达尼尔阿姨总是一脸严肃地捧着这本书看。不管是之前在乡下生活，每天作弄老女仆时，还是（由于老太太的作弄而间接导致）那个老女仆去世，搬到外甥夫妇所在的巴黎之后，她都一直在读这本书。有时她还会抱怨："真想赶快读完。"

啊，这儿也有个因为书读不完而焦躁不安的人，这让读书很慢的我产生了共鸣。

如果会因为这种事而焦虑的话，不读不就行了。但是，还是要读。

坏心眼奶奶，这种矛盾的心理究竟是为何呢？

* 坏心眼奶奶（意地悪ばあさん）：日本著名漫画家长谷川町子创作的同名四格漫画，亦有改编动画和电视剧。

※※※

安·泰勒（Anne Tyler）的《意外的旅客》（*The Accidental Tourist*，早川书房），这本小说的魅力是无法简单概括的。即使是与故事主线没有太大关系的内容，比如主人公读书的方式，设定都非常独特。

主人公的工作是撰写面向商务人士的旅行指南，他在自己写的旅行指南中写道，每次旅行请一定带着书。理由是，这是为了避免和他人闲聊的最佳防卫手段。原来如此，书的确具有这样的功效。

他本人也在实践。然而，令人惊讶的是，他带的书居然足足有1198页！而且，他已经带着这本书出行好几年了。

"《麦金托什小姐》（*Miss MacIntosh, My Darling*）这本书虽然没有什么情节，但无论什么时候读都很有趣，每个部分都很有趣。每次抬起眼睛，他都会用手指按住自己正在读的地方，脸上始终保持着一副陷入思考的表情。"（田口俊树译）

很多商务人士都会在出门和回程的这两趟新干线上看完两本书吧。但是，像这本书里的主人公那样读书的人并不多。《麦金托什小姐》到底是一本怎样的书呢？我不禁对这本书产生了强烈的好奇。

※※※

美国有一本短篇小说的年鉴，名为《美国年度最佳短篇小说》（*The Best American Short Stories*），每年都会由不同的人作为评委来挑选作品。1993 年版的评委是小说家路易丝·厄德里克（Louise Erdrich）。她在序言中写道，这是收获颇丰的一年，她在对收录作品的精挑细选上颇费了一番功夫。负责这个系列的编辑首先要从两千五百个短篇中选出一百二十篇，厄德里克再从中精选出二十篇。

厄德里克写道，她在选拔时力求公平，努力在尽可能相同的环境下阅读所有备选作品。这份努力真是令人不禁感动落泪啊。

（1）将阅读的场所固定为地板上的某个位置，在那里放一堆枕头，靠在上面读。（2）把阅读时间固定在傍晚的某个时间。（3）照明的亮度保持不变。（4）为了净化心灵，在读之前要洗好几次热水澡，洗澡时的水温也都保持不变。（5）为了集中精力，在阅读之前要先做仰卧起坐（虽然没有提及，但仰卧起坐的次数一定也是一样的）。(6)阅读的时候只会吃一种食物：扭扭糖（Twizzlers Twists）。饮料则是水，红酒一点也不喝。

在这种状态下阅读的作品，其作者姓名当然都是事先被抹去了的，但即便如此，要保证公平，还是很不容易。说到底，究竟有没有可能真的完全公平呢？

※※※

文学评论家布鲁斯·韦伯在编选美国现代短篇小说选集时说过，读者的工作并不是探究作者的意图。作品的主题、作品想传达的信息之类，是不需要在阅读时纠结的（《看谁在说话》，*Look Who's Talking*，华盛顿广场出版社）。

"首先，如果一部小说可以压缩成一句讯息或中心思想，那么作者为什么选择写小说呢？只要把这一句话写下来不就得了？重要的是，作者也是一边探究意义一边写作的，这是作者要承担的辛苦工作，而读者的工作是针对作品给出自己的反应。读书的目的，并不是像某些聪明的小动物一样追逐作者的写作意图或目的。享受读书的乐趣，不需要去思考书的创作过程。

"对于同一本书，每个读者都会有自己的见解。每个读者都会以自己的视角去审视书中的内容，选择接受或不接受。因此，文学作品的'意义'与我们的身份密切相关。随着自己的思想发生变化和成长，对于一部作品的见解也会发生天翻地覆的变化。"

※※※

全集或选集的宣传册，都是不可轻视的读物。它们的作用是用热烈、简洁、准确的语言来介绍一套即将问世的图书以及其作者的魅力，所以相当有阅读价值，此外还会包含很多十分宝贵的信息。作为快速了解一本书或一位作家精华所在的工具，它们比那些半吊子的词典有用得多。

伍迪·艾伦一定也是对这些宣传册喜欢得不得了的人吧，他有好几个短篇都是从中得到的灵感。《无羽无毛》（Without feathers，河出文库），《扯平了》（Getting even，河出文库），《副作用》（Side Effects，CBS 索尼出版）中随处都有关于宣

● 从上至下，译文依次为：班坦图书公司，纽约百老汇大街1540号，邮编：10036

传小册子的内容，我读了一下，发现他真的准确地抓住了小册子的关键所在，令人忍俊不禁。

不过，笑过之后，我稍微思考了一下。原来如此，想了解一本书或一位作家的精髓，其实不用特意去读书，只要通过这种程度的说明就能明白。那么，人为什么还要特意去读书呢？

我想，一定是读书能让人收获一种和这样吸收书的精髓截然不同的愉悦吧。

※※※

翻开以前的作家或年长作家的书，有时会在书里看到年表。我很喜欢看这类年表，作者何时何地出生，在哪里怎样成长，几岁时遇到了什么样的人，第一部作品是在几岁时完成的，这些内容都按年代顺序记录了下来。我经常一边呆呆地看着年表一边浮想联翩。原来，这个人在我这个年龄的时候做过这样的事啊，原来这个人在我现在这个年纪就下定了这样的决心。没错，我喜欢看年表，因为这样会让我感觉作家就像是我身边的人。有时，我也会从年表中获得一些勇气：原来现在开始也不晚，好，那我也开始去做那件事吧。

朱利安·巴恩斯（Julian Barnes）的小说《福楼

拜的鹦鹉》(Flaubert's Parrot, 白水社)讲述了一个痴迷法国大作家福楼拜的男人的故事，书中有一章就叫"年表"，其中罗列了关于福楼拜的三篇年表，分别从三个不同的视角来审视大作家的人生，由此，福楼拜的三种人生也就从字里行间逐渐浮现出来。福楼拜并没有过着三重生活，年表只是通过不同的视角让人从不同的侧面去了解他的人生，喜欢年表的人看完这一章一定会深受感动。

※※※

米兰·昆德拉的《不能承受的生命之轻》(L'insoutenable légèreté de l'être, 集英社文库)中，男女主人公养了一条狗，这条母的杂种狗身体是父亲牧羊犬的样子，头则是母亲巴纳德犬的样子，他们给它取了一个古怪的名字，叫卡列宁。一开始本想取名为托尔斯泰，但因为是母狗，所以这个名字被否决了。后来又想叫安娜·卡列尼娜，但又觉得它配不上这个名字，所以也被否决了。之后，两人纠结了半天，总算是决定了用可怜的丈夫的名字。

为什么取的名字都和托尔斯泰的《安娜·卡列尼娜》有关呢？因为女主人公突然来到布拉格

拜访男主人公时,腋下就夹着那本书。她当然喜欢看书,但也喜欢把书夹在腋下逛街。她是一个喜欢书这种"东西"本身的女性。

"书对她来说,有着和上世纪花花公子手中的优雅手杖一样的意义。"(千野荣一译)

米兰·昆德拉可真懂啊,我不禁对此产生了共鸣。天气好的日子,连包都不带,只拿着一本书轻装上街的时候,书对我来说真的就像手杖一样,我时常会沉浸在幸福的感受里,心想,原来我还是个花花公子啊。

※※※

对《不能承受的生命之轻》的女主人公来说,书具有特殊的意义。通过读书可以从无聊的生活中逃离出来,这当然是一种喜悦,更重要的是,书本身就是"更高境界"的象征。拿着书的人看起来比其他人更高贵。她追随着男主人公来到布拉格,也是因为他是个若无其事地随身携带书籍的人,这让我很羡慕。

没错,她是一个上进心很强的人,或者说,她是一个会朝着更高的目标迈进的人。把《安娜·卡列尼娜》夹在腋下,也是因为她认为这本书是她进入"更高境界"的"入场券"。

但是,《不能承受的生命之轻》是围绕重与轻、高与低展开的故事。书中从各种角度反复探讨了"沉重的真的沉重吗?高贵的真的高贵吗?"这些问题,所以女主人公认为书是"更高境界"的象征,这样的想法绝不会被轻易接受。将书比作花花公子的手杖实际上也不太贴切,所以后文马上就进行了更正。

书中提到,在十九世纪,花花公子的手杖让人看起来很时髦,而在如今这个时代,书不仅不时髦,简直可以说是落伍。

※※※

英国作家戴维·洛奇写过一部喜剧《好工作》。我读这本书的时候总会被逗笑。作为主要登场人物的一对男女身上存在着各种各样的对比,两人的故事永远不一致,总是不合拍。

女人的工作是读书,而且,读法绝不简单。毕竟,她认为后结构主义的文艺批评和女权主义批评就是生存的意义,是个信奉"人生苦短,批评长存"的大学讲师。

而男人的工作则是经营铸造工厂。他根本没

怎么读过书，也没有那个闲工夫。然而，机缘巧合下，他读了《呼啸山庄》。读完后，他发表感想："从头到尾，我都根本不知道谁是谁。"书中名字相似的人物轮番登场，弄得他晕头转向。

"如果那是更单纯明快的小说，应该大多数人都会喜欢吧。"他说。

女讲师回答道：

"难才有意义。因为难读，所以读者才会更加努力工作。"

读书是工作吗？男人被她说得一愣，忍不住追问。

"对我来说，读书就是工作。读书就是生产，我们生产的是意义。"（高仪进译）

我笑得前仰后合，笑完又不禁叹气。

※※※

有一个关于雷·布拉德伯里（Ray Bradbury）努力写《白鲸》故事大纲的趣闻。我是听小说家劳伦斯·冈萨雷斯（Laurence Gonzales）说的，非常有意思。

当时布拉德伯里决定要为《白鲸》写电影剧本。他被要求先写一篇故事大纲提交给制片厂老

94 ●从上至下，译文依次为：亨利·霍尔特出版公司，艾米莉·勃朗特

板，方便他了解这是一部怎样的电影。布拉德伯里没日没夜地伏案写作，终于将赫尔曼·梅尔维尔（Herman Melville）的这部大作整理成了 20 页的故事大纲。结果制片厂的人说：

"这种东西不能给老板看。这么长，他根本不可能看的。你整理成一页的内容吧。"

布拉德伯里并没有就此气馁，他又回到打字机前，再次兴致勃勃地写了起来。终于，布拉德伯里用一页纸完美地提炼了那本经典大作。结果制片厂的人又说：

"不行，这么复杂，老板怎么看？"

布拉德伯里终于勃然大怒，他把一张白纸放进打字机，写道：

"这是一个对鲸发火的男人的故事。"

所谓的故事大纲，到底是什么东西呢？

※※※

《油炸绿番茄》（Fried Green Tomato）这部电影以美国南部为舞台，主要人物都是女人，呈现的是女人之间的友情，看完之后令人回味无穷。在片中法庭的场景里，《白鲸》突然出现，而且，出现的方式非常有意思。

女主人公之一因杀人嫌疑而被起诉，被送上了法庭。随着各种证词的不断提交，被告的处境变得极其不利，似乎已经要被确定有罪了。这时，牧师作为最后的证人走进了法庭。工作人员说要先宣誓，接着把《圣经》递给牧师，牧师说："我是牧师，我自己带着《圣经》。"说罢，把手放在带来的《圣经》上宣誓，随后坐到了证人席上。然后，他开始不管不顾地大肆发表伪证证词。

因为牧师的证词，被告被宣告无罪。她虽然非常高兴自己获释，但心中的疑惑却难以抹去。对《圣经》宣了誓的牧师，可以做伪证吗？

于是，那位牧师的女儿，也是被告的朋友告诉她："那是《白鲸》。"她听完释然地笑了。的确，两本书的厚度是差不多的。

※※※

珍妮特·温特森（Jeanette Winterson）的水果小说《给樱桃以性别》（*Sexing the Cherry*，白水社 U 文库）中，描写了主人公打扫房间时，在床底下发现了很多自己小时候读过的书，然后将它们一本本放入箱子里整理好的场景。这是一个非常平淡的场景，但下面这段描写却深深打动了我：

"我对其中一本书的记忆尤为深刻。那记忆实在是太清晰了,并非画面,而是舌尖上的味觉——那记忆就是如此鲜明。读那本书的时候,外面正在下雨。那是圣诞节刚过之后的一个雨天。"(岸本佐知子译)

主人公"清楚记得"的,究竟是书的内容,还是读那本书时外面正下着雨的情景呢?

书中的内容,和读书时或与书相遇时的情景,哪一个更容易想起呢?如果让我说的话,绝对是当时的情景更容易记起。

是不是只有我才是这样呢?

※※※

帕特里克·聚斯金德(Patrick Süskind)的《夏先生的故事》(*Die Geschichte von Herrn Sommer*,文艺春秋)中的插画令人印象深刻,绘者是法国著名插画家让-雅克·桑贝(Jean-Jacques Sempé)。他的画风有点呆萌、有点温馨又带点幽默,非常吸引人,我想每个人应该都在什么地方看到过他的画作。这是一本非常有趣的书。

但是,读完之后,我突然意识到一个问题。这本书给人一种快乐的印象,其实是插图的缘故吧。都是因为有了桑贝的画才会如此吧？

聚斯金德所写的故事，绝不是有点呆萌、有点温馨又带点幽默的东西。毕竟，这是一个无论面对怎样的狂风骤雨，都要拄着拐杖四处奔走，沉默寡言、身份不明的疯狂男人的故事，是一个对这个男人的身影感到畏惧的少年的故事。

如果没有插图，或者由画风和桑贝截然不同的画家来画插图的话，这本书给人的印象恐怕也会彻底改变，很有可能会变成一本非常阴暗的书。

阅读的感受会被一本书的各种要素左右。

※※※

菲利普·罗斯有本小说叫《乳房》（*The Breast*，集英社文库），讲述了一位大学教授某天突然变成了巨大的女性乳房的奇异故事。恋人来到他家之后，面对他这副奇怪的样子不禁哑然，但男人却陶醉地说："摸摸我的乳头。嗯嗯，好舒服，好舒服。"这令恋人烦恼不已。什么啊，真是个有着怪异触感的故事，我记得自己当时读完这本书以后，歪着头陷入了沉思。

这本书的首版出版于1972年，书里没有插图。因此，很难想象一个变成乳房的男人，实在是过于癫狂了。然而，1990年时，突然又出了新版，而且这个版本还附带了插图。那个乳房是白色的，像一个巨大的馒头般松软，上面还有个像小象鼻子一样耷拉着的东西，架在一个像是梯子似的东西上。绘制插画的是菲利普·加斯顿（Philip Guston）。这位著名的抽象画家曾经热衷于报纸漫画，偶然认识罗斯后，读了他的这本《乳房》，于是为这本书创作了插画。

如果早点公开这幅画的话，我就不会在这个奇怪的问题上思考那么深入了，大概笑笑也就过去了，我不禁有点心生怨恨。

※※※

我记得我第一次看到弗拉戈纳尔（Jean Honoré Fragonard）的画《读书少女》是在大学一年级的时候，当时立刻就被这幅画迷住了。那也是我第一次知道弗拉戈纳尔这个名字，我不仅喜欢他的画，也很喜欢这个名字柔和的发音。《读书少女》其实是一幅非常有名的画，在百科全书中，只要查到弗拉戈纳尔的部分，就会发现在"让-奥诺雷·弗拉戈纳尔，十八世纪法国洛可可的代表性画家之一"的说明旁边，附有这幅

《读书少女》。但是,我在大学一年级与这幅画相遇之前,从来没听说过弗拉戈纳尔,对这幅画的存在更是一无所知。

我不记得是在什么样的契机下看到这幅画的了。不过,我清楚地记得自己是被什么迷住的。

感觉好温暖啊。

就是这个。我就是被这种感觉迷住了。从整幅画弥漫的温暖色彩中,可以窥见一种幸福的氛围,我不禁感叹,哎呀,真是太棒了。我不记得当时是否有"读书时就会被这种幸福的温暖所包围"的想法了。感觉好温暖啊,我只是沉浸在这种感受里。

当时的我每天过的都是那么冰冷的日子吗?

弗拉戈纳尔的《读书少女》之所以会给人这样温暖的感觉,可能是因为少女背后柔软蓬松的靠垫。几乎与少女身体一样大小的靠垫,在她的倚靠下显得更加松软,看起来就像刚烤好的面包,又像刚刚沐浴之后的丰腴臀部或乳房。与靠垫的蓬松相对应,少女洋装下的胸部也很丰满,胸前有一只手,上面捧着书,她只用右手拿书,大拇指按在书页上。

让人感觉温暖的,当然也有光影的原因。红色、橙色和黄色混合在一起,像红外线一样的光线充满整个画面。影子也是深红色的，怎么看都觉得暖烘烘的。周围只有墙壁，所以画的应该是房间的一角，但丝毫没有局促的感觉，这无疑是多亏了充盈的红色光线。

仔细一看会发现，打开的那一页书是整幅画中最白的部分，有种白热化的感觉。看来那里就是光源，红外线就是从那里发出来的。温暖的源头，是书。

一提到詹尼斯·乔普林（Janis Joplin），我就如巴甫洛夫的狗一般，立马想到"她最喜欢读的书《泽尔达》（Zelda，新潮社）呢"。那是一本泽尔达·菲茨杰拉德的传记。戴卫·道尔顿（David Dalton）写的那本传记《詹尼斯：死于布鲁斯》（晶文社），就以描写阅读这本书的詹尼斯的精彩场景开始：

"詹尼斯在看书。她飞上自己的天空，隐藏在南希·米尔福德（Nancy Lee Milford）那本《泽尔达》的世界里。书的封皮是绝佳的藏身之处。孔雀羽毛花纹的封面闪耀着火焰般的铜绿色，在她那戴着戒指的手中的，与其说是一本书，更像是一捧小小的花束。"（田川律·板仓麻里译）

102 ●译文为：安德烈海勒，露娜露娜游乐园，巴黎，巴黎圣母院塔楼上的思考者

"有趣吗？"道尔顿问道。"你是说这本书，还是泽尔达？书并不，但她的生活方式很有趣。她一定和我一样，是个疯子。"詹尼斯答道，随后她一边随意地乱翻、摆弄着那本书，一边滔滔不绝地谈论泽尔达和自己。对这种姿态的描写持续了好几页。

这与弗拉戈纳尔那幅《读书少女》中的少女形象如出一辙。

※※※

心情好的时候，基本上看什么书都觉得很精彩。特别是和喜欢的人一起度过了幸福的时光，心里暖洋洋的时候，不管什么书都会显得格外精彩吧。

举个例子吧。下面这段文字中的"他"迷上了一个叫"艾伦·奥兰斯卡"的女人，和她度过了一段短暂的快乐时光。回到家之后，他发现自己之前订购的一大堆书都送到了。

"书一本接一本地从他手中掉落。突然，他的目光落到一本薄薄的诗集上，订这本书是因为被它的书名所吸引：《生命之屋》。他读了起来，感觉自己沉入了某种从未在其他书中感受过的气氛，那种温暖，那种浓烈，那种难以描摹的柔情,使人类最为基本的情感具有了某种缠绵悱恻的全新美感。在着了魔力的书页间,他彻夜追寻着一位女子的幻影,那位女子却有着艾伦·奥兰斯卡的面庞。"*

(《纯真年代》,The Age of Innocence,伊迪丝·华顿著,大社淑子译,新潮文库)

可不要被他骗了。他感受到的"那种温暖,那种浓烈,那种难以描摹的柔情,使人类最为基本的情感具有了某种缠绵悱恻的全新美感",可不是对于《生命之屋》这本诗集的感想。这些都是他对当时那种幸福感本身的表达。

因为他自己处于这样一种状态,所以才会觉得《生命之屋》这本诗集具有"那种温暖,那种浓烈,那种难以描摹的柔情,使人类最为基本的情感具有了某种缠绵悱恻的全新美感"。

《生命之屋》这本诗集本身大概的确多少带有这种气质吧。但是,赋予《生命之屋》生命的,是充满幸福感的读者"他"。

※※※

---

* 译文摘自《纯真年代》,吴其尧译,上海译文出版社,2018年版。

在电车里无聊的时候，我有时会偷看别人在读什么。被偷窥的人发现了的话，一般都会露出厌恶的表情，于是我这个偷窥的人也就此打住，但那一瞬间读到的内容，往往会一直留在脑海里。

我发现了和我一样会偷窥别人看书的同类。那就是佩德罗·阿莫多瓦（Pedro Almodóvar）的《帕蒂·迪普莎》（*Patty Diphusa*，水声社）一书中的超轻浮女子帕蒂。

"我的脑海中突然浮现出不知在哪里读到过的一句话。我很喜欢看书。在公共汽车上、候车室里和咖啡厅的柜台边，只要发现看书的人，我就会特别想看书。'幸福是大胆者的随从'这句话就是我从坐在吧台边上的人身后读到的。"（杉山晃译）

没错，帕蒂。这样偷偷看别人的书，因为不知道对方读的是什么书，所以格外刺激和满足。偷看到的那零星的词句，都会在无意识中背下来。

※※※

在阿莫多瓦的那本《帕蒂·迪普莎》中，有一篇名为《对于如何成为世界级电影导演的建议》的文章，借鉴了阿莫多瓦自己作为电影导演的经

●译文为：《物种起源》

历。这篇文章里说，要想成为世界级的电影导演，必须能对别人的电影做出快速而准确的评价，并列举了几个具体的例子。只要稍微修改一下，就可以作为对书的评语使用。我来试试看吧：

◎如果觉得无聊得不得了，读了一半不想读了的话→"真的是让人心情焦躁的作品。"

◎如果是让人云里雾里的作品→"编辑真是辛苦了。"

◎如果文笔很烂→"真是具有不可思议美感的作品啊。"

◎如果作者只是年轻没什么别的优点的话→"真是青涩啊。"

◎如果作者上了年纪的话→"真是成熟的境界啊。"

◎如果感觉读了莫名其妙的作品→"让我思考了很多呢。"

※※※

我曾看过罗伯特·奥特曼（Robert Alt-man）的电影《银色·性·男女》（*Short Cuts*）。这是根据雷蒙德·卡佛的九个短篇和一首诗改编的，不过，并不是分了十段的拼盘电影，而是将十篇作品融合在一起组成的大型故事。卡佛的十篇作品我虽然没有全部读过，但也读过一半以上，所以我会一边看一边留意各个故事是如何交织在一起的。

但是，我怎么也搞不清楚。那些我隐约记得的故事情节里，有一些片段的确在片中出现了，看到的时候一下子就能反应过来，啊，这个场景就是那个短篇里的啊。但是，那只是一瞬间的事，马上就又不知道是哪篇的内容了。我无法立刻判断，故事原本的细节是不是像电影里拍的那样。越想去回想原作的细节，就越感觉脑子一团糨糊，也就越不知道哪个情节是哪篇的内容了。

这种感觉，真让人不甘心。所以，尽管奥特曼的剪辑技术很高超，但我越看越没有自信，不禁怀疑自己到底有没有读过这些作品。我一边捶胸顿足，一边看完了这部电影。

※※※

配合电影《银色·性·男女》还出版过一本名为《浮世男女》（Short Cuts, Vintage Contemporaries）的书，书中收录了电影改编的九个短篇和一首诗。读过阿尔特曼所作的序之后，我大吃一惊。我说，这不是把细节改得面目全非了吗？

●从左至右,译文依次为:《哈扎尔辞典》,米洛拉德·帕维奇,《百年孤独》

"演员们知道卡佛笔下的人物所说的内容并不重要。内容是可以改变的,说什么都无所谓。但这并不意味着语言不重要。也就是说,故事的主题不必非得是 X、Y、Z,换成 Q、P、H 也是没关系的。

"问题是出场人物到底是什么人,他们交谈只是为了阐明这一点。推动故事的也不是他们说的话,而是他们身处这个故事中的事实。因此,无论是讲述如何制作花生黄油三明治,还是如何杀害邻居,话题的内容相比这些人物的感情和行为而言并不重要。"

原来如此,那么我对故事细节的记忆变得混乱也是很自然的了。

※※※

《银色·性·男女》由卡佛的十篇作品融合而成,不管是谁都很难解析,村上春树当时正在翻译卡佛的全部作品,在正式上映前就看了影片,当时还不知道这部电影是由九个短篇和一首诗改编而来的,他和卡佛的遗孀苔丝·加拉格尔都说搞不太清楚。村上写道:

"因为进行了很大幅度的变形(deform),所以很难判断到底有几篇卡佛的短篇被改编进了电影。我一边掰着指头数一边看的,据我所知一共有九篇。"(后来我问苔丝,她说:'我数过了,但我也不太清楚。')(《终究悲哀的外国语》,讲谈社文库)

所谓读书,或许就是将书中的内容与自己的读后感结合起来,然后进行变形吧。即使忘记了,或者记错了书里的内容,仍然是有价值的阅读。

奥特曼认定,《银色·性·男女》是他和卡佛共同创作的。

阅读,一定也是作者和读者共同进行创作的行为。

※※※

美国小说家托拜厄斯·沃尔夫(Tobias Wolff)是著名的短篇小说大师,他为数不多的短篇小说作品,可以说每篇都是顶级水平,其中有一篇名为《骗子》,开头非常吸引人:

"除了书,我母亲什么都读。公交车上的广告、饭馆菜单、广告牌,只要没有封面,都会勾起母亲的兴趣。"

我记得曾经在《书报》或其他什么地方看到过关于什么样的人可以被称为"活字中毒者"的

讨论，当时的结论之一是，只要看到字，不管什么东西都要读的人就是活字中毒者。无论是公交车上的广告、饭馆菜单还是广告牌。我也算得上是个活字中毒者，看到这个结论的时候，想起自己的确也有很多这样的行为。

但是，当我看到还有沃尔夫《骗子》中的母亲这样的人时，就感觉有点费解了。如果按照这个结论的定义，这位母亲是个不折不扣的活字中毒患者，但为什么她唯独不能看书呢？

为什么那么在意封面呢？如果是没有封面的"被撕坏的书"，她可以读吗？

※※※

安妮·狄勒德的《美国童年》（*An American Childhood*）一书中，有一个男人买了无数本自己喜欢的那本书，并不是要送给很多人，也不打算大量收藏，全都是用来自己读的。

这个男人就是狄勒德的父亲，有一段时间，他只读马克·吐温的《密西西比河上》（文化书房博文社）。因工作出差时，明明家里就有这本书，还是会特意买一本。入住酒店后，为了买到当晚要看的书，他跑进附近的书店，在各种书中物色自己想看的，但斟酌再三，最后还是买了这本《密西西比河上》。

"他把买的书都带回家了。客厅的书架上整齐地摆放着一排《密西西比河上》。有时候，我也会抽出其中一本来读。"（柳泽由实子译，部分有改动）

她的父亲最后买了一艘游艇，驶向了密西西比河。狄勒德写道："读书最终促使父亲采取了行动。"然而，现实是残酷的。还没到密西西比河干流，父亲就打道回府了，他说河上的生活和书上写的相差甚远。

※※※

狄勒德父亲的行为让我一直百思不得其解，既然是那么喜欢书，为什么不随身携带呢？这本书又不是那种厚得要命的大部头，往包里一塞不就行了。这样一来，不管去哪里出差就都能读了。

"你错了。"

"啊？"

"总而言之，想读这本书和随时都能读到这本书是两码事。想象一下，如果你打开背包就能看到《密西西比河上》，那感觉比起安心，更多的是毛骨悚然吧。说不定反而会变得开始讨厌《密西西比河上》了。出差时在书店里逛，想着可能有更好的书，在书架上翻找了一番，最后还是觉得这本书最好，于是买了下来，这是一种独特的快乐。或许是一种因确认自己对这本书的热情而产生的喜悦吧。"

"原来是这样啊。"

※※※

虽然只是我擅自揣测，不过狄勒德的父亲在阅读《密西西比河上》时，一定是翻翻这里，翻翻那里，挑着读的吧。所以，每次出差，都能轻松地重新开始读这本书。我不觉得他每次新买一本都会从头开始读一遍。

我和这本书的缘分也算由来已久，手里有好几种原版，两种译本（我想应该只有两种）。这些书我一直都是翻翻这儿，翻翻那儿，这样随意翻着读的。从头到尾通读一遍的体验，不是我自夸，至今还一次都没有过。

因为这是一本逸事选集，所以用这种方法来读也是可以的，不过，这样读的话，会觉得这本书还真是深奥啊，感觉很有趣。一直拖着不读完这本书，就会产生这种奇妙的信念，如果一口气

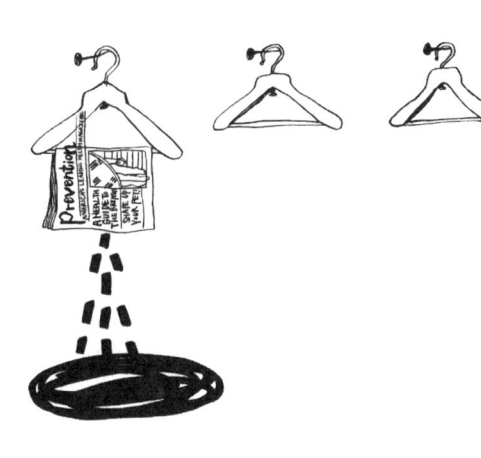

●译文为:《预防》,美国领先的健康杂志,乳房健康指南,让宠物更好!

读完的话,是很难收获这种感受的。随性的选读是能让人对一本书一直保持期待的最佳方法。

※※※

重读威廉·萨洛扬(William Saroyan)的《人间喜剧》(*The Human Comedy*,关汀子译,筑摩文库)时,我在书里发现了一个无可救药的图书馆管理员,让人很无语。

一个有轻度智力障碍的十岁左右的男孩和一个四岁出头的男孩结伴去图书馆。十岁左右的男孩有智力障碍,所以不识字;而四岁出头的男孩因为只有四岁,所以也不识字。两人在图书馆里慢慢地走着,一个上了年纪的图书管理员走过来问:"你们在找什么?"那个十岁左右的男孩挺起胸膛回答说:"我只是想看看而已。"

于是,上了年纪的图书管理员蛮横地说道:"想看看?图书馆可不是为了让你们这样随便看看而存在的。从书里查找什么资料,或者看书中的画和照片都可以,但是只看看书的外皮算怎么回事?"

我心想,这家伙在说什么啊。不就是因为有了外皮才有内里吗?蠢货!

※※※

这个有轻度智力障碍的十岁男孩名叫莱昂内尔,他非常喜欢图书馆。但是,他从来没有借过书,只是因为可以看到书,所以喜欢图书馆。

"他只是喜欢看到书本——有成千上万册呢。他把一整排放在书架上的书指给他的朋友看,随后他小声说:'所有这些——还有这些。还有这些呢。这儿有一本红色的。所有这些。那儿有一本绿的。所有这些。'"

正当他如此感慨的时候,刚才的图书管理员走了过来,问道:"你们在找什么?"随着两人驴唇不对马嘴的对话不断进行,我开始觉得那个有着想要将所有书据为己有的强烈欲望的男孩有点令人肃然起敬。

"是书。"莱昂内尔说。

"什么书?"图书管理员问。

"所有的书。"莱昂内尔强调道。

"所有?什么意思?"图书管理员有些畏缩,我也不由得跟着发出疑问,是什么意思呢?

※※※

他要找的是书，所有的书，只是想看看而已，莱昂内尔的这番话，或许对这个蠢货图书管理员造成了不小的冲击，她自我反省之后，谦虚地对孩子们说：

"仔细想想，也许你们不会读反而是件好事。

"我会读。我已经读了六十年的书了。不过，即便如此，我也不觉得有多大区别。来吧，尽情地看书吧。"

那么，问题来了。

读了六十年书的图书管理员说："我也不觉得有多大区别。"这句话里包含着怎样的深意呢？

（1）我读了很多书，但都是些无聊的书。

（2）我虽然读了很多书，但全都忘了。

（3）我虽然读了很多书，却依然是个蠢货。

（4）我虽然读了很多书，却只顾着关注内里，从来没注意过书的外皮。

※※※

美国作家格蕾丝·佩利（Grace Paley）写有一篇名为《需求》（*Wants*）的短篇小说。主人公是来图书馆还书的上了年纪的女性，在图书馆入口处突然遇到了前夫,并遭受了对方的冷言冷语,这促使她痛苦地回顾了自己此前的人生。就是这么简单的故事,一篇收录于平装本只有两页左右的超短篇小说。这是一篇以语调取胜的作品,让人分不清主人公究竟是愤世嫉俗,还是悲伤,抑或是装傻。

这位上了年纪的女性晚了十八年才来还书。伊迪丝·华顿的《欢乐之家》和《孩子们》这两本书,她竟然借了十八年都没去还。似乎很久以前就读完了,明明想还的话随时都可以来还。而且,图书馆离她家只有两个街区。

她似乎没有什么不还的理由,只说:"这些书一直在我手边,我时常想起要去还掉它们。"乍一看,感觉她这句话有点奇怪。

但是,看看我的书架,很自然地摆放着十五六年前的书。这么一想,放着不管十八年,其实一点也不奇怪。书,不知不觉间就被搁置在一旁遗忘了。

※※※

译文为：纽约公共图书馆

BRARY

● 译文为:《莫比·迪克》(即《白鲸》)

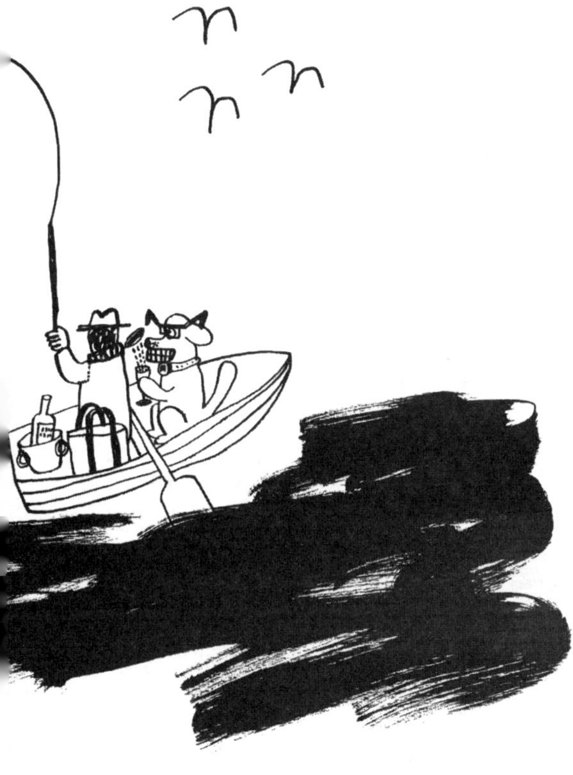

●译文为:《爱情常在》,安·比蒂

为了哄七岁和五岁的孩子睡觉，我正在给他们读睡前读物"杜立德医生"。

第一卷《杜立德医生非洲历险记》（岩波书店）的篇幅并不长，按照每晚一到两章的定额，我很快就读完了。现在读的是第二卷《杜立德医生航海奇遇记》（岩波书店），这回可没那么轻易能读完了。这本篇幅很长，全部读完大概需要一年的时间。

我尽可能大声地读。不这样做的话，敌人就不会睡着。而且，我也觉得这样比较舒服，就像在做一些轻松的运动。台词的部分，我也竭尽全力，感情充沛地读。腹部用着力地读。没错，朗读需要腹部用力，算是一种腹式呼吸，是很好的运动方式。

托给孩子们读书的福，我想起了被我遗忘已久的事情。其实，我很喜欢朗读来着。以前，我经常大声朗读小说或诗里喜欢的段落。我也曾一边向朋友推荐"我说，这里写得不错吧？"，一边给他们朗读自己喜欢的段落，也曾独自一人朗读，不为读给任何人听，只为自己开心，那大概是十九、二十岁时候的事吧。

为什么后来我不再朗读了呢？

126 ●从左至右，译文依次为：《眼镜》，莱恩·史密斯 著，希望出版社

※※※

最近很少看到一边动着嘴唇一边看书的人了。以前，在白天空荡荡的电车里，经常能看到这样看书的人。

有人动嘴唇的幅度很大，有人只是轻微动一动。这两种人的嘴里都没有发出声音。因为怕给别人添麻烦，所以不出声。嘴唇在动却没有发出声音，大概是由于这种不自然的感觉吧，说实话，那场面相当令人毛骨悚然。那样看书的人感觉好恶心，这样说的人越来越多，于是把动着嘴唇看书的人从电车里消灭了，或者说是把他们赶去了阴暗的角落。

这么说来，读书时尽量不要动嘴唇，似乎从小就有人这样教导我。但是，这种教导，总感觉好像很奇怪。重点在不能动嘴唇这件事上。可以读书，但不能给人以毛骨悚然的感觉，不能给别人添麻烦。原来如此，与其说这是关于如何不动嘴唇快速阅读的教导，不如说是关于不要给别人添麻烦的教导。

※※※

一位日本小说家曾在某篇文章中写道："我完成稿子后，就会把它贴到书桌前的墙上，一遍又一遍地大声朗读。因为读了之后就能发现稿件的不足之处，可以进行相应的修改。"这位小说家的名字我想不起来了，但他并不是那种想将文章写得优美到没必要的作家。他认为，文章必须能大声朗读出来。

"能大声读出来的文章"到底是什么样的呢？这似乎很难定义。或许无法定义。但我想，能带来肉体愉悦感的东西或许与之相近。雷蒙·让（Raymond Jean）的小说《侍读女郎》（*La lectrice*，新潮文库）讲的是一位做上门朗读服务这一奇特生意的女性的故事。原来如此，书里有的内容可以出声读出来，而有的不能，这部电影委婉地表达了这一点。而且，大声朗读那些能读出来的部分，竟然会让人在肉体上如此舒畅，真令人惊讶。

这个女人有各种各样的客人，这些客人也以各种各样的方式享受着。但是，其中心情最舒畅的，无疑是大声读书的女人自己。

※※※

虽然雷蒙·让的《侍读女郎》这个故事以从事上门朗读服务的女郎为女主人公，但故事的重点在于，因大声读书这一简单的行为而引发的种种纠纷。面对接连不断发生的纠纷，女主人公这样反省道：

"迄今为止，那些纠纷都是因为出声朗读了为沉默而写的书，这是一种明显应该受到谴责的行为，造成了无法预料也无法避免纠纷的局面。"（鹫见和佳子译）

看到这段话，我不禁叹了口气，原来书是为了让人保持沉默而写的啊。如果书的最终目标是让人不再张口说话，那就太荒唐了。

我也想像这个提供上门朗读服务的女人一样，把书大声朗读给谁听。

只是这样想想，我就不禁感到心潮澎湃，或许这正好证明了，书是一种引导人走向沉默与孤独的工具。

※※※

回想起来，是让-吕克·戈达尔（Jean-Luc Godard）的电影让我知道了朗读一本书是多么快乐的事。在《狂人皮埃罗》(*Pierrot le fou*)、《男性，女性》(Masculin féminin)、《中国姑娘》(La chinoise)这些电影里，总有人在看书，或者手里拿着书。这些看书的人中，有人会看着看着突然开始朗读，完全不考虑是否会给周围的人带来麻烦，就那么沉醉地读了起来。周围的人都被吓了一跳，心想这人是怎么回事。看到周围人的这种反应，我也被逗笑了。

那时候，我还是个大学生，戈达尔的电影当时非常流行，影片中那一抹亮丽的风景经常成为朋友间的热门话题。我们争先恐后地互相报告电影里出现了什么书，然后纷纷去买回来读。

不知是在哪部电影里，有人朗读了梅尔维尔作品中的一节。我觉得这段内容太棒了。但因为片中出现的是法语译本，当时没看出来是什么书。我在黑暗中记下了书名，回到家以后查了字典。骗子。哦，原来书名是《骗子》啊。后来，我一直在四处寻找那本书。

※※※

和兰斯顿·休斯（Langston Hughes）那首美妙的诗歌《七十五美分的布鲁斯》(Six-Bits Blues)一样，兰斯顿·休斯自传开头的段落，我

也曾多次朗读过:

"现在回想起来,好像太戏剧化了。但当我把书一股脑地扔进水里时,简直就像从自己心脏里掏出无数的砖头扔出去一般。我靠在'马隆'号汽船的扶手上,把书朝着尽可能远的地方扔向海里——我在哥伦比亚大学上学时的所有书,还有所有我买来准备要读的书。

"那些书落入桑迪胡克漆黑的水流中。我一下子清醒过来,把脸转向风的方向,深深吸了一口气。我是个第一次出海的水手——大型商船的水手。我感到那些我不希望发生的事情,一个都不可能发生在我身上了。我觉得自己不论内心还是外表都长大了,长成了一个能独当一面的男人。二十一岁。

"我二十一岁了。"(《大海》,The Big Sea,木岛始译,河出书房新社)

※※※

慢悠悠地读着《纪德日记》(新庄嘉章译,小泽书店)时,我发现这位巨匠读书的方式,或者说享受书的方式非常与众不同。"朗读"一词格外引人注目。他会出声读书。而且,总是和其他人一起朗读。比如——

"我和 Em 一起朗读列舍特尼科夫的大作《波德利普村的人们》。我们刚刚读完托尔斯泰的《哥萨克》。本来想接着读《德伯家的苔丝》,但因为要读米什莱的《法国大革命史》,便又放下了。"(1902 年 3 月 27 日)

还有更极端的——

"和 Em 一起朗读王尔德的《狱中记》,感觉刻骨铭心(同时阅读德文译文和英文原文)。"(1905 年的一个星期四)

这是纪德独有的娱乐方式吗?

还是说朗读在那个时代是一种相当普遍的晚间娱乐项目呢?

※※※

在读《纪德日记》的时候,我发现纪德的阅读习惯中除了朗读,还有其他奇怪的地方。虽然一本接一本地读了很多各种各样的书,但似乎都是挑着读的。他的确读了很多书,从头到尾认真读完的书当然也不少,但一般情况下,他的阅读方式似乎就是"哗啦哗啦"地翻翻这本书,翻翻那本书。

"每天晚上八点半到九点,我都给多米尼克·德鲁安读书,第一晚是托普弗(Rodolphe Töpffer)*的《安特恩山口》,接下来是《卡努》和《埃姆利奥》,这些我都觉得很无聊。接下来是《大洋之夜》和《可怜的人们》的结尾部分,还有《沉思集》中的几首诗,这些诗使我沉入赞叹的深渊。昨晚读的是《精灵们》,今晚是屠格涅夫的《狗》。"

这段出自1911年1月6日的日记,类似的记录在纪德的日记中随处可见。这些书他都只是挑着读了一部分吧。

朗读和挑着读。这是纪德独有的享受阅读的方式吗?

※※※

美国国家公共广播电台从1989年4月开始,开设了名为《写作之声》(The Sound of Writing)的

---

* 鲁道夫·托普弗(Rodolphe Töpffer):瑞士教师、作家、政治家、画家、漫画家和讽刺作家。他是第一位用框架格式创作漫画的画家,被称为"连环画之父"。

小说朗读节目，每期三十分钟。主办方是美国作家协会，他们会面向大众公开征集节目里要朗读的作品。因此，在这个节目中被朗读，自然就是那部作品的首次亮相。

最近，曾在节目中被读过的一些作品集结成册出版了。这些作品的作者有巨匠、大腕，也有中坚、新人，什么样的人都有。参与这个节目制作的小说家艾伦·裘斯（Alan Cheuse）说，"这是美国唯一的空中短篇小说杂志"（"空中"指的就是"收音机"），并以这个节目为傲。说得真好啊，我不禁心生敬佩，不过"空中"这个词让我想到了其他人说过的另一句话。

爵士音乐家艾瑞克·杜菲（Eric Dolphy）有这样一句名言："在你听完音乐之后，就再也无法将其捕捉了。"（When you hear music, after it's over, it's gone in the air. You can never capture it again.）

那朗读呢，也同样适用于这句话吗？

小说也是在听完以后，就再也无法将其捕捉了吗？

※※※

在《写作之声》节目中，朗读作品的并非作

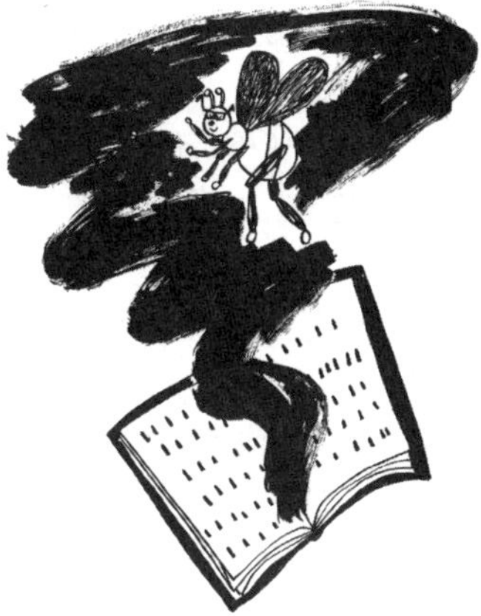

者，而是另有其人。有的作者想当然地以为会由自己来朗读，在被告知并非如此时颇感失望。那么，这样的作者都有谁呢？我看了看那本书的目录，发现了T. 科拉盖杉·博伊尔（T. Coraghessan Boyle）的名字，心想，这个人必定是其中之一。博伊尔是个对朗读自己作品极其狂热的朗读爱好者。几年前他来日本的时候，我听过几次他的朗读。由于他那独特的夸张过激的朗读风格，给我留下了深刻的印象，我完全被他的魅力折服了。

在博伊尔的《东就是东》（*East is East*，新潮社）这部节奏紧张又带有喜剧色彩的长篇小说中，有一幕作家们聚在一起朗读自己作品的场景，其中一个作家又是讲究打光，又是计较服装，朗读的做派非常夸张。读到这里时，我想起了博伊尔对于朗读自己作品的狂热。

"我啊，为了招揽欣赏我文学作品的客人，什么都愿意做。"博伊尔曾这样说。

※※※

查尔斯·布考斯基（Henry Charles Bukowski）的《诗人和女人们》（*Women*，河出文库）中有大量朗读自己作品的朗读会场景。总之，作为小说主人公的诗人,在朗读会上得到的报酬似乎是他生活费的重要组成部分。而且,这位诗人沉迷女色,经常和各种奇奇怪怪的女人发生激烈的关系,而他物色女人的场所一般都是朗读会。

读了这本书就会明白,朗读会是一场表演,或者说,在很多情形下,朗读会是一场表演。在大学礼堂举办的这类朗读会很少,但在夜总会和俱乐部之类的场所则不然。在这些地方,有时摇滚乐演奏会作为朗读会的开场表演,有时则相反,摇滚乐演出前会以朗读会为开场。场面一片嘈杂,观众席还不断传来嘘声,和那种大家都认真倾听的氛围相去甚远。朗读几乎成了朗读者和台下听众的对口相声了。

在这样的朗读会上,诗人读诗的心情是这样的:

"我不得不开始读诗了。今晚读得不错。听众还是像昨天那样,但我可以集中自己的精神了。听众们逐渐热情高涨,越来越兴奋,最后甚至变得狂热。有时因为他们的配合,演出效果很好,有时则是我凭借一己之力出色完成,大多数情况下是后者。就像登上职业拳台一样。要么觉得自己欠观众什么,要么觉得自己与这个场合格格不入。我打出一记刺拳，然后是交叉反击拳，再用脚，最后发起一轮猛烈攻击，将裁判击倒。演出就是演出。因为昨天晚上我搞砸了，所以大家好像不能完全认可今天的成功。就连我自己也觉得无法认可。"（中川五郎译）

这样看来，确实，听完之后就再也无法将其捕捉了。

※※※

《美国精神病》(American Psycho, 角川文库)的主人公是个二十六七岁的青年，只对名牌和虐待拷问以及残忍杀戮感兴趣，读的书顶多就是 GQ 之类的时尚杂志。他很喜欢看录像带，经常从音像店租一些标题怪异的成人录像带来看。他应该是完全不缺钱的人，但奇怪的是，他总能准确记住录像带的归还日期。他特别喜欢梅兰妮·格里菲斯 (Melanie Griffith) 在其中搔首弄姿的那部《粉红色杀人夜》(Body Double)，租过近三十次。

这样的他，有一次无意中给女性朋友朗读了书，读的竟然是《日瓦戈医生》和《永别了，武器》。那么长的小说，他到底朗读的是哪段呢？这让我产生了极大的兴趣。

●译文为:《变形记》,卡夫卡 著

在此，我忍不住想到一个问题，《美国精神病》的主人公，在朗读之前，至少将《日瓦戈医生》和《永别了，武器》这两本书从头到尾通读过一遍吗？

思维直接的人可能会说，他当然读过，要不怎么能挑出适当的段落大声朗读呢？

但我认为，他肯定没有完整读过。毕竟，要挑出适当的段落来朗读，就算之前没读过也完全可以做到。他大概只是随手翻翻，瞥见了自己感兴趣的段落，然后悠然自得地读了几行而已。

实际上，我也没有从头到尾认真通读过《日瓦戈医生》，但书结尾处的"日瓦戈的诗"，我给别人朗读过几次。我甚至还追问"很棒吧？"，强行要求对方感动。我是不是没有那样做的权利呢。

※※※

说到朗读，小说家富冈多惠子讲过一个非常引人入胜的故事，不过故事出处她已经想不起来了（《海燕》，1992年1月号）：

"我不知在哪里读到过这样一则逸事：在俘虏收容所（大概是西伯利亚？）里，大家都如饥似渴地需要'能读的东西'，不知是谁

●从左至右,译文依次为:西红柿,豌豆,书,《物种起源》

弄到了报纸或杂志的残页。德国人只要有一个人'朗读'，大家听着就觉得很满足，而日本人则是每个人都要拿在手里'过目'才觉得满足，于是那张残页逐渐变得破破烂烂，终于消失不见了。就是这么一个故事。不过，我并不想用这种连出处（？）都想不起来的故事来判定德国人喜欢'朗读'。"

这个故事作为探讨国民性的素材很有趣，作为一般的读书逸事也很有趣。关于读书，也有"百闻不如一见"这样的观点。这个故事告诉我们的是，这个世界上有很多人都认为光听别人读不等于读过，只有亲自读过才算。

※※※

读书的时候有时会口渴。但是，我从来没有想过是因为读书才会变成开始觉得渴的，只是单纯觉得啊，口渴了，然后去喝点水、茶或咖啡。我现在所说的读书，当然是指默读。朗读的话，因为要发出声音，所以喉咙肯定会觉得干渴的。

因此，我自然也完全没有想到，默读的书是用英文还是用日文写的，竟然会让口渴的感觉有所不同。

然而，确实存在这样的情况。小说家多和田叶子曾经提到过德国一位日本学者的说法：

"字母只有在发出声音的时候才能明白它的意思。读横向排列的文字时，即使是默读，如果不在脑子里把文字变成声音再去读，就无法理解它的意思。与之相对，日语则可以作为影像来读。所以，有位日本学者说过，同样是默读，读日语的时候就不会口渴，而读德语的时候就会口渴。"（《波》，1993年11月号）

这是真的吗？

※※※

在德国，朗读会似乎格外盛行，多和田叶子自从在德国出书后，竟然已经在德国的各个城市举办了六十次朗读会。多和田写道：

"在柏林、汉堡、法兰克福，有专门用来办朗读会的文学馆（Literaturhaus），每天都有作家去读自己的新书或还在写的稿子（有时也读以前出版的书），和听众一起讨论。当然，这种讨论并不一定很有趣，有时还不如只听作品朗读的好。对日本人来说，最有趣的大概是朗读小说（而不仅仅是诗）。对无法只依靠稿费生活的作家来说，朗读会的出场费不可小觑。（中略）听我说日本没有这样的朗读会，德国人都很吃惊。"（《波》，1993年11月号）

前文提到的那个俘虏收容所的故事里，德国人只要有同伴给他们朗读杂志或其他片段，就觉得心满意足了，原来如此，在德国，"听"和"读"几乎就是一回事吧。

※※※

不知从什么时候开始，写文章的时候，我总会一边写一边大声读出来。写完一段，就朗读一遍写到这里的所有内容，修改觉得奇怪的地方，然后再接着写下一段。我不太清楚自己到底是觉得什么样的地方奇怪，但只要是感觉奇怪的地方，读起来舌头就会打结。遇到这样的情况我就反复读、反复修改，直到舌头不再打结为止。无论是自己写文章，还是做翻译，我都是这个流程，已经完全对这种写作方式上瘾了。

我把我翻译的安·比蒂（Ann Beattie）的《爱情常在》（*Love Always*，早川书房）送给一位女性朋友。一个月后她打来了电话。"谢谢你的书，我读了，很有趣，又花了很多时间翻译吧？"这样寒暄了几句后，她说，"话说，你写文章的时候都会出声读出来吧？"

"你为什么这么觉得？"

"其实，我想读，却发现怎么也读不进去，于是我灵机一动，试着朗读了一遍，结果一下就读进去了。所以我就想，难道你是边写边出声读的吗？"

原来还会有人有这种感觉啊，我不禁感叹。

※※※

前段时间，美国书商协会（ABA）在洛杉矶举办大会，我刚好没什么事就去了一趟，在那里听到了很多作家朗读自己的作品。听着他们朗读，我感觉多少明白了一点听作家亲自朗读自己作品的乐趣。

写出这个作品的作家想强调哪里，想写什么，听了朗读感觉就能弄明白了。作者的思想切实传达给了听众。只要听一听朗读自己作品时作家的声音，就能多少理解他的感受方式和思考方式。

我深深感到，要想了解作家的真情实感，比

起听那些只说漂亮话的无聊演讲,这种方式或许要好得多。

日裔作家山内若子读自己的作品读到一半,突然用日语唱起歌来。唱的是"酒啊喝吧喝吧"之类的祝酒歌,其实,是书中的某个登场人物唱了这首歌,朗读的作者也跟着唱了起来。安静的语调,美妙的唱法。眼前出现了遥远的日本风景,我听完很想去读一读山内的作品。

※※※

中村光夫的《二叶亭四迷传》(讲谈社文艺文库)中,记载了二叶亭在东京外国语学校上俄语课的情形。"与现在的东京外国语学校不同,当时所有课程都是从俄罗斯的中学原封不动照搬过来的,物理、化学、数学等科目都是用俄罗斯的教科书来教的,再加上修辞学、俄国文学史等科目。"哇,真厉害啊。

但是,因为教科书不够,在高年级的班级里,"老师拿着仅有的一本文学书站在讲台上朗读,学生们就两手空空地听着,每天都是这样上课"。这真是太厉害了。

二叶亭的老师名叫尼古拉斯·格雷,因为反

对俄国的专制统治而流亡美国,以出色的朗读而闻名,大家听他朗读都听得如痴如醉。格雷读的书,都是莱蒙托夫、屠格涅夫、果戈理等名家的作品,似乎还读过托尔斯泰的《战争与和平》——什什什什么?战战战,战争与和平?!竟然还有这种大部头——!

由于这位老师的朗读,二叶亭似乎比其他日本人都更早察觉到了欧洲文学的魅力在于声调,发现了"欧洲文学的特色就在于'读起来抑扬顿挫'"。而且,比起写小说,二叶亭对翻译更感兴趣,他说:"既然要翻译外国文学,就一定要将其原本的风格一并翻译过来。"为了"充分理解原文的音调,并将其转化成日语",他在翻译时,逗号、句型的数量都要和原文相同,用词的数量也和原文相同,"在形式上下了很大的功夫"。

中村光夫这样写道:

"二叶亭的翻译态度是,尽量直接用日语再现原作的'本来面目'。如果一对西方的夫妇是平等地进行对话,即使会给日本读者带来奇异的感觉,也应该依原文将平等的对话翻译过来,既然外国小说的句子是'言文一致',那么日语译文也必须使用口语翻

148 ●从上至下,译文依次为:易吞咽,100片,拜耳,阿司匹林,快速止痛

译,如果在形式上不能保持一致,就无法传达给读者原作的'本来面目'。"

或许应该说,仅仅靠默读是无法见识到这些书的本来面目的。

※※※

落石八月月 * 曾写过这样一个故事:每年除夕,纽约 SOHO 区的某个画廊里都会聚集上百人,开始读一本书。每年读的书都一样:格特鲁德·斯泰因(Gertrude Stein)的《造就美国人》(*The Making of Americans*)。那并不是大家畅谈读后感,相互交流感想的读书会,而是一场大家一起大声朗读的朗读会。(《昴》,1994 年 3 月号)

"从除夕中午开始接力阅读,一直到新年第二天的中午才结束,50 个小时不间断。研究斯泰因的学者、诗人、戏剧业界人士、作曲家、舞蹈家、演奏家等喜欢斯泰因的人聚集在一起,一张桌子加两把椅子,听众们躺着听,两位朗读者一人一段轮流朗读。"

---

* 落石八月月(おちいしオーガストムーン):日本翻译家。译著有安迪·沃霍尔的《安迪·沃霍尔的哲学》(*The philosophy of Andy Warhol : from A to B and back again*),格特鲁德·斯泰因的《三个女人》(*Three Lives*)和《世界是圆的》(*The World Is Round*)等。

为什么要这样做呢？因为斯泰因的《造就美国人》是以"重复文体"的"约一千页""足足五十万字写就的名副其实的大作"，"很难读"，"一个人读不下去"。于是，纽约的三位前卫作曲家想到了举办"读破会"。这个活动好像已经持续了二十年。

据说落石是从第二次开始参加的，从第三次起也参与到了朗读中。因为实行时间登记制度，不到规定的时间，根本不知道自己朗读的是哪一段，感觉似乎很刺激。

"美国人偶尔也会被搞晕。因为相似的句子排列在一起，所以常会出现反复读同一个段落或者跳行的情况。活动结束后，我在休息室里，一边和参加活动的老面孔们喝茶，一边互相打趣，你今天绕晕了两次，我抽中了很厉害的段落之类的，真是太开心了。"没错，这本书中反复出现的相似的句子，就是让人读错的根本原因，但这或许正是这个朗读会的魅力所在，参加的人，无论是读的人还是听的人，似乎都为这种重复而陶醉。落石写道：

"重复单调的声音是斯泰因作品的魅力之一，对我来说，它代替了神圣的除夕夜钟声。"

"代替了神圣的除夕夜钟声"这句话说得真棒。不去寻找意义，就像聆听除夕夜的钟声一般，全神贯注地听着朗读，一边听一边涤荡心灵。读书的时候，执着于寻找书中内容的意义，或许反而是外道。

※※※

托马斯·品钦的《万有引力之虹》也曾经办过朗读会。活动举办于1989年的美国，我是从《纽约时报》的一篇很短的报道中看到的，根据报道可知——

八十个人，花了四十个小时朗读。地点不是室内而是室外。朗读者依次站上露天舞台进行朗读。《万有引力之虹》共有七百六十页。

写这篇报道的是一位名叫阿纳托尔·布罗亚德的编辑，他说，在野外集体朗读书籍，尤其是名作，有以下几点好处：

（1）阅读不会成为任何人的负担。

（2）将作品置于室外空气中，可以驱除作品中的毒气。

（3）驳斥了读书是阴森的室内活动的想法。

（4）减轻了现代小说特有的孤独绝望的氛围。

我还记得读到这篇报道时，心想，原来读书

●译文为：侍读女郎，雷蒙·让

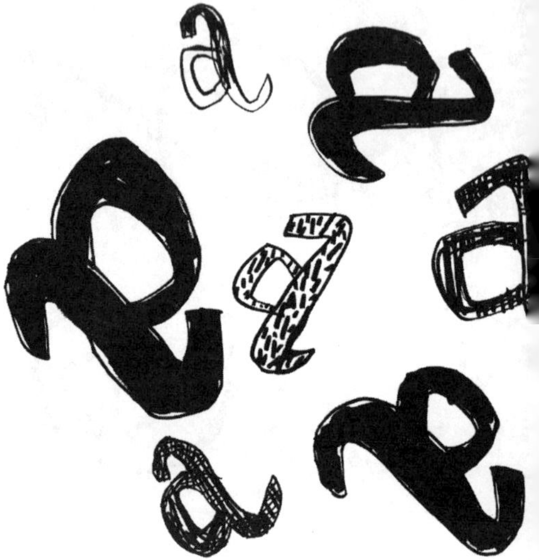

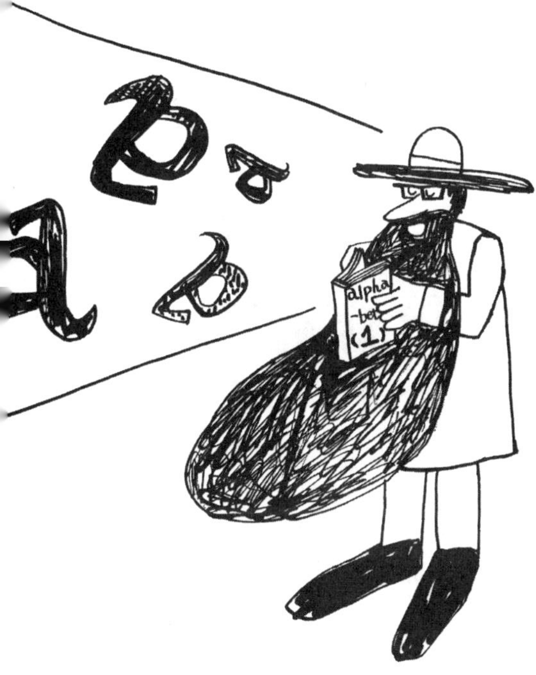
alpha
-bet
(1)

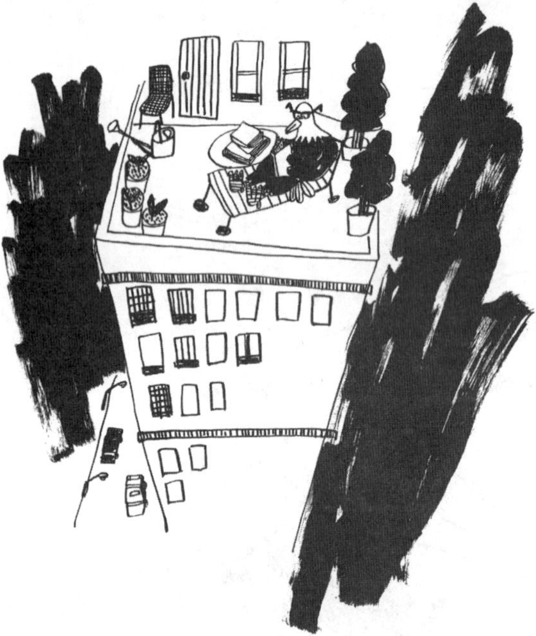

这种行为偶尔也需要拿到太阳底下晒一晒啊。

※※※

有些人只要去别人家里,就会忍不住偷看人家的书架。其实,我自己也是这种人,要说为什么,大概是因为通过书架上的书就能在一定程度上了解这些书的主人是什么样的人吧。或者不如说,有种可以通过这种方式去了解对方的感觉。已经读过的书、将要读的书、正在读的书等各种各样的书都混杂在一起居住在书架上,无论哪一本书,都是由它的主人选择的。所以,只要看到这些书,就能了解主人的嗜好。

也有人说,只有读过的书才有价值。这样的人,一看到别人的书架,而且书架上书的数量还相当多,就会忍不住发出惊叹,问人家:"这这这,这些书,你全都读过了吗?"被问到这个问题时,法国著名作家阿纳托尔·法朗士(Anatole France)嘲笑对方太天真了,他答道:

"你问我是不是把这个书架上的书都读完了?我怎么可能读得完这么多书?"

这个故事,让我突然对这位作家产生了亲近感。

●译文为：水生生物

※※※

"你问我是不是把这个书架上的书都读完了？我怎么可能读得完这么多书？"法朗士的这句话，我究竟是在哪里看到的，已经记不太清楚了，写下这段之前，我也没有特意去搜索出处。最近，我读了瓦尔特·本雅明（Walter Benjamin）的随笔《开箱整理我的藏书》（《都市肖像》，晶文社），其中也同样引用了这则逸事。瓦尔特文中的细节远比我的记忆翔实。我在此引用一下瓦尔特的段落：

"在此，我要引用法朗士关于那位对其藏书表示惊叹的俗物的回击。同时，他还向对方提出了一个非常恰如其分的反问。'那么，法朗士先生，这些书你全都读过了吗？''我连十分之一都没读完。难道你每天都用塞弗尔瓷器吃饭吗？'"（藤川芳朗译）

比起我模糊的记忆，瓦尔特写的这段要有趣多了。

※※※

那么，引用法朗士这句话的本雅明，真的是

检索了出处后才写下这段的吗？"十分之一"啦，"塞弗尔瓷器"啦，这些真的是法朗士自己说过的话吗？不过，本雅明是个非常喜欢摘抄的人，总是笔记本不离身，只要读到自己喜欢的句子，都会认真摘抄到笔记本上，所以这句话，大概的确是法朗士说过的吧。

那么，"对其藏书表示惊叹的俗物"这种表达呢？这显然不是法朗士本人说的。本雅明的解释是，那些认为书架上的书都是读过的书的人，就是俗物。"俗物"这个说法，听着真痛快啊。

《开箱整理我的藏书》这篇随笔写的是藏书家，而不是读书家，不过，"俗物"这个词用得真棒。从今以后，对于那些喜欢盯着别人的书架问些无聊问题的家伙，我也要这样回答："你会问这种问题，说明你是个俗物呀。"

不过，这些俗物根本不会在意别人怎么说。

※※※

说到"塞弗尔瓷器"，我想起了布鲁斯·查特文（Bruce Chatwin）的《乌兹伯爵》（Utz，白水社 U 文库），这本书讲的是一个生活在布拉格的梅森瓷娃娃收藏家的故事，那个男人，不管国家体制如何变化，都孜孜不倦地收集娃娃。他将海量的收藏都放在自己家镶着镜子的柜子里。他认为，如果把艺术品和工艺品放进美术馆的玻璃柜，就像把动物关在动物园的笼子里一样，是惨无人道的行为，如果它们不能被人触碰，就等于是死了。

"真正的收藏家，不仅要用眼睛看，还要用手触摸藏品，使作品得以焕发出新的生命。美术馆的学艺员*就是收藏家的宿敌。"

（池内纪译）

读了查特文讲梅森瓷娃娃收藏家的《乌兹伯爵》和本雅明讲藏书家的《开箱整理我的藏书》，我明白了收藏家们的共同心理。

那就是"拯救"，"拯救"。据说收藏家并不是在收集东西，而是在"拯救"东西，把它们搬到自己身边。

※※※

把书架上书的数量控制在一目了然的程度就好。架上的书，特别是爱书之人架上的书，会无

---

* 学艺员：日本在博物馆中设置的专门职员，负责资料收集、整理、保管、策展、研究分析、教育普及活动等工作。

限增加。爱书之人都坚信，书是会增殖的。他们甚至会认为，书会自己增多。

"书一开始是竖着排列在书架上的，接着变成了前后两列，然后放进两列书上面的缝隙里，最后开始堆在地板上。就这样无限增加，越来越多，因此需要画出大致的地图，标记好在哪里挖掘能找到哪些书。然后，把同一类型的书放在固定的位置，在书堆中间留出一条能让一个人通过的路。"

这是翻译家宫胁孝雄先生关于自己家书架的描述，听起来感觉就像书在自己变得越来越多一样。不过，"挖掘"这个说法我也经常使用，所以我不禁点头称是，感觉很有共鸣。（《自由时间》，1992年3月19日号）

但是，我没有地图。我只能依靠模糊的记忆和直觉。有时在书架深处看到一本出乎意料的书，我会忍不住欣喜若狂地发出"哇哦！"的惊叹。明明是自己的书架，但感觉就像是能给人带来发掘的喜悦的遗迹。

※※※

刚刚出版了新译本的《纪德日记》，真是无

以言表的有趣。这位名叫安德烈·纪德的作家经常看书,并将自己看过的书详细记录在日记里。我想,他书架上摆放的书数量一定很惊人吧。正因如此,下面这段中所写的他与书架的魔力之间的对决,才会有惊人的说服力。

"从三天前开始,我就像个文化破坏者一样狂热地整理藏书,打开书柜的时候,我感觉有凉爽的风从脑中拂过。我同时感到了两种狂热,一种是想把书翻个乱七八糟,另一种则是想正确、仔细、整齐地把书装进行李箱。"(1906年2月13日,新庄嘉章译)

打开书柜的时候,感觉有凉爽的风从脑中拂过,有同时想把书翻个乱七八糟和想把书整理好的狂热,我有点能理解他的这些感受。

"扔掉书本,上街去吧"这句名言,就出自这位纪德的《人间食粮》,我非常理解他为什么会说出这样的话。

※※※

这是设计师粟津洁所写的对寺山修司回忆中的一节——

"寺山君身穿藏青色的西装,脚上却不

●译文为:《人间食粮》,安德烈·纪德

知为何穿着木屐，无论去哪里，他都是一副无论在谁看来都很奇怪的样子，他的手里一定拿着书，我从来没见过他空着手走路的样子。不过，当他因为'偷窥'事件上了报纸的时候，是否也随身带着书呢？"（《日本经济新闻》，1993年11月6日）

据《扔掉书本上街去》（角川文库）一书中所述，寺山上大学后不久就生病了，住了三年院，住院期间，他似乎对书更加沉迷了。于是，临近出院时，他决定远离那种书呆子（bookish）的生活。寺山写道：

"我的心境完全就是'纳塔纳埃尔啊，扔掉书本，上街去吧'。"

这是纪德的《人间食粮》中很有名的一节。这一节的内容是鼓励投身于感官的世界，歌颂了肉体解放的欢愉，这与好不容易才从病床上解放出来的寺山的真实感受重叠在了一起。虽然经常被人误解，但这句话并不是与书的诀别之歌。

※※※

上高中之后不久，我第一次拥有了像模像样的书架，那是一个三层高，约一米宽，回想起来其实很小的书架。我把读过的书都摆到了书架上。因为是用少得可怜的零用钱买的，所以都是文库本，全摆上去也填不满书架的空间。学习参考书和习题集之类的东西也都一并放了上去，但在我的认知里，这些东西根本不是书，所以我其实并不想把它们加进去。可是，书架上有空隙总让我觉得心里很不舒服，为了填补书架的空隙，不得已才将它们也动员了起来。不知道过了多久，当学习参考书和习题集通通被驱逐，书架终于被文库本填满的时刻来临时，我感到无比喜悦。

当时那种喜悦，大概是因为想到自己原来读了这么多书吧。

不过，这种喜悦从那以后就再也没有过了。在那之后，喜悦的内容发生了变化，变成了看到书架被填满，就心生一种"不错，终于填满了"的满足感。

应该说是将书架填满的喜悦，代替了读书的喜悦吗？还是说，在读书的喜悦之余，又多了将书架填满的喜悦呢？

※※※

与安德烈·纪德的《伪币制造者》这本书的

邂逅，我至今记忆犹新。

　　那是高中一年级的时候，天气既不热也不冷，这么说来，应该是春天或秋天吧。有一天，放学以后，我像往常一样，换乘了两次电车，终于到达家附近的车站，刚刚出站开始往家走，突然下起雨来了。我没有带伞，于是跑了起来，可是雨越下越大，我实在被雨淋得受不了，就冲进了路边的书店。这是一家我平时很少进去的小书店。不知是店主没有干劲，还是没有做生意的欲望，书店里书的种类少得令人发指。平时店里就几乎没有客人光顾，那个下雨天也是只有我一个客人。

　　就在那时，我在这家书店里买了《伪币制造者》。只有上下册文库本中的上册。完全不是因为我从前就喜欢那本书。那个下雨天，在那家店，我第一次见到这本书就买下来了。

　　那本书给了我很大的冲击，之后我就完全沉迷于纪德的作品中了，但当时我为什么会买下那本书，至今仍是个谜。现在重读的话，不知道有没有可能弄清楚个中缘由呢？

※※※

　　诗人朴京美写道：重读一本书，也就是重读

"很久以前的自己曾读过那本书"的经历。(《图书新闻》,1992年11月14日号)

朴京美十二三岁时,曾经用尽全力去读住井末的《没有桥的河》。"在那个小小年纪就绞尽脑汁,投入全部精力",但"我是怎么知道《没有桥的河》这本书的呢?是从何得知有人被蔑称为'秽多'*'阿四'**呢?"她记得日本历史教科书中提到过,江户时代除士农工商的身份之外,还有被称为"贱民"的人。还记得小学生那些小鬼之间也开始使用这个词。"因为我是被称为'朝鲜'的被蔑视的对象,所以基于心理作用,我对这些很敏感。我(出于自我参照效应!)觉得这些'秽多''阿四'的状态和我身边那些'朝鲜'的生存状态非常相似。"

然后,朴京美最近读了很久没读的《没有桥的河》第七部(新潮社),在重读那部作品的同时,也重读了年幼的自己读这本书的经历。

重读,是对作品和过去自身经历的双重重读。

---

* 江户时期日本的一个贱民阶层,身份只有一般町民的七分之一。

** 江户时期对部落民的蔑称"四つ",关于此蔑称的含义有多种不同说法,主流说法之一是表示他们和四脚着地的牛马等牲畜一般低贱。

● 从左至右，译文依次为：企鹅出版集团，托马斯·品钦，《万有引力之虹》

※※※

上大学的时候,我经常逛旧书店。从车站到学校的那条路两边密密麻麻排列着很多旧书店,虽然我并没有按照去的时候逛右边、回的时候逛左边这样的规则一板一眼去逛,但每次走在这条路上我一定会去某家店看看。不过如果有人同行,我就不会进去逛了。因为只要有人和我在一起,我就无法集中精神。

至于我集中精神做了什么,其实也没什么大不了的。只是盯着书架上的书看而已。我的眼睛在书架上来回打量,书名有趣的书,知道作者名字却不知道还写了这么一本书的书,价格不菲的书,还有其他各种各样的书。我只是默默盯着这些书,然后拿下来看而已。说是集中精神,其实也不是什么值得大惊小怪的事。

就这样,我几乎每天都去浏览旧书店的书架,不知不觉记住了各种各样的书名和作者。现在回想起来,那真是一段非常有益的无所事事的日子。即使只是盯着书架上的书,随着精神越来越集中,也会有种像是读过了的感觉。

※※※

仔细一想，我大学的时候基本没去过卖新书的书店。至少，与我去旧书店的频率相比，是可以忽略不计的程度。即使是买新出的书，也都是在有新书折扣的旧书店买的，只有在旧书店买不到的时候，我才会去逛逛新书书店。

而且，新书书店的书架看着也没什么意思。这些书架上会不断上新，所以书架上的风景总是在变换。但是，这样不停变换内容的书架，盯着看也不觉得有什么乐趣。

相比之下，旧书店书架的内容基本没什么变化。只有在一本书卖出去之后，才会在空出来的地方再放上另一本书。正因为如此，我心血来潮去拿某本一直摆在那儿的书名很奇怪的书，或者想看看一直放在架子上无人问津的书的时候，才会有"哎呀，这本书真不得了"的发现。

※※※

上大学的时候，我很崇拜的一位女性总是随身带着一本亨利·米勒（Henry Miller）的《黑色的春天》（Black Spring），她带的不是译本，而是原版。普通的平装书应该是很容易买到的，但不知为什么,她的那本是非常粗制滥造的盗版平装书,作为一本书来讲实在很不美观。我还问过她,为什么不买普通的平装本。她听罢露出一副"你可真会问怪问题"的表情,实际上,她是先十分明确地说了"你这人可真会问怪问题啊"这句话,然后才回答的。我已经不记得她的答案了,就只记得"你这人可真会问怪问题啊"这句话。

当她非常中意某样东西时,总是习惯用叹息的口气说出"真好啊""真棒啊"之类的感慨,每次她这么说的时候,我都感觉她好像是在跟我说"你不怎么样""你一点也不棒"。仔细想想,我的脑回路还真挺奇怪的。

"像米勒那样生活,可真好啊。"有一次她这样对我说。我听着就感觉她好像是在说"反正你肯定不会像米勒那样生活吧"。好像就是我问她为什么不买普通的平装本那次。

※※※

有一段时间,我在周刊上开设了一个小专栏,写自己读过的新书。因为是周刊,所以每周必须写,也就是说,每周都必须读几本新书,对阅读速度极慢的我来说,每次读书都像是在全力冲刺。

终于冲到终点的我气喘吁吁，一边清晰地感受让人气血上涌的感动，一边呼哧呼哧地写文章。

现在回想起来，当时我在慌乱中写下的并不是新书介绍之类的空洞内容。我是把刚刚读完一本书时感受到的那种让人气血上涌的感动，想办法以文字的形式留存下来，其实就是类似读后感的东西吧。

不过，我当时写文章的时候，总是想尽量把那种感动与另一种感动联系起来。或者说，我尽力在自己的心中寻找着与那种感动相似的、在其他时刻获得过的另一种感动。虽然这种说法感觉很啰唆，但重要的是，我并不是一味沉浸于读完书的感动里，而是根据自己心中的文脉对其进行了梳理，尽管可能并不细致。也许正是因为有了这样的梳理，我现在再去读这些专栏文章时，才能在脑海中比较清晰地勾勒出其中提到的书的内容。

※※※

当你觉得一本书很有趣，或者一段时间内想记住它的内容，一定要去和别人聊聊这本书。说得详细一点当然更好，但对方不太想听的时候，只是不停和对方推荐说"很有趣"也可以。不过，

●译文为：防水

推荐的时候一定要提到细节，讲讲到底哪里有趣。因为细节一旦被输入大脑，就会成为记忆，顽强地扎根在大脑里。"哎呀，可有意思了，特别是那里——"这样给别人讲讲的话，多多少少可以反刍一下这本书的趣味，之后也会在不经意间回想起这本书。

没有可以听自己讲的听众的时候，的确会有点困扰，不过，这种时候只是抚摸抚摸这本书也可以。也可以对着书说"你很有趣哦"。还可以一边翻着书页，一边说"特别是这里、这里、这里、这里……"。在旁人看来，这是相当令人毛骨悚然的场面，但读完书之后的这种后戏，也是一种很好的反刍。

当然，即便如此也会忘记。但是，在忘记又不经意间想起的反复中，你会切身体会到，所谓读书并不是去记住书中的内容。

※※※

小说家中野重治很久以前就写道，读书并不等同于理解。

"我曾读过亚当·斯密的《国富论》，读得非常开心。当然，我读的是日文译本，译得也不算特别好，也许是因为我的生活处于一种悬而未决的状态，所以去读了这本书，但这位学者的研究——还有我不断追随他的思路读下去的过程，让我拥有了从未体验过的快乐。书里写了什么我已经忘得一干二净了，只记得当时那种快乐的心情。日语里有'讲理'（理づめ）这个词，但是似乎没有'讲事'（事づめ）这个词，而《国富论》既讲求事实，也追求逻辑，那种研究态度，那种充满热忱的勤勉，让我为自己在阅读一本不是文学也不是小说的书而感到高兴——当时我就是这样的状态。也就是说，我不理解《国富论》的内容，但我仍然读得津津有味。这似乎不是值得宣扬的事，但事实就是如此。"（《与书相处的方法》，筑摩文库）

这种读书方式很有趣，如果以这样的心态去阅读，那么什么书都能读得下去。读书的乐趣，正是源于读书并不等同于理解吧。

※※※

美国的书，特别是平装本上，有时会出现奇怪的警示。在正文前详细写着出版相关权利的那页上，有用格线框起来，与烟盒上的"吸烟有害健康"等标语类似的警示语：

> "本书如无封面严禁销售。如购买到无封面的书，请知悉其将作为'未出售的破损品'报告给出版方。作者和出版方均不会获得该'损毁书籍'的销售收入。"

我没遇到过这段警示里所描述的那种"损毁书籍"，如果遇到了这样的书，我会买吗？既然没了封面，大概会以很低的价格贱卖吧，如果是那样的话，我会买吗？

我不禁陷入了沉思。

如果是找了很久的书，那我应该会很高兴地买下来吧。这种情况毫无疑问。但是，如果是其他的书呢？

我之所以会陷入沉思，是因为在我的认知里，我坚定地认为"没有封面就不是书"。

※※※

其他形式的"损毁书籍"，我去年夏天在夏威夷倒是大肆购入了一批。全都是在夏威夷州各公立图书馆一年一度共同举办的藏书市集上买的，那些书的环衬或夹衬部分基本都不见了。估计上面都贴着借书通知单吧，所以全被撕掉了。翻开封面，直接就是扉页，上面盖着"废弃"字样的印章。刚开始的时候，我的心情就像自己穿着鞋大模大样地闯进了别人家里似的，心里很不踏实，但看多了也就习惯了。

不管怎么说，这些书实在是便宜得要命。我是在市集最后一天才去逛的，那天是"嘿，拿走吧，小偷"主题的特价促销，所有书都是二十五美分。不管是精装书还是平装本，通通二十五美分。既然如此，即使买到的书多少有损毁，也没什么好抱怨的。

但是，如果封面被撕了，就算只卖二十五美分，甚至十美分我也不会买吧。因为都是图书馆的书，所以书的封面都修补过了，没有没封面的书，没封面的再便宜也不行。

我总觉得，书必须有封面才行。

※※※

物理学家木下是雄在那本充满挑衅意味的专题研讨论文集《工作手册为什么难懂》（每日新闻社）中说，欧美和日本的论文写作方法有很大的不同，他举出的其中一个例子，就是欧洲文学对段落的要求。这个例子很吸引人。

◎每个段落都要有一句话——中心句——概括这个段落想要表达的内容,这是这个段落的核心。

◎原则上中心句要放在段落的开头。

哎呀,说得可真棒啊。我心生喜悦。这样一来,只要读每个段落开头的句子,就能抓住整篇文章的主旨了,这相当于掌握了跳读的秘诀。

当然,这个对段落的要求仅限于欧洲文学而且是论文写作。这一点我还是很清楚的。不过,我觉得每个段落有一个中心句这一原则也适用于小说。有时不一定是一个句子,也许只是一个中心词。

※※※

我经常会把读过的书的内容忘得一干二净。何止是经常,最近简直是什么都会看完就忘。我担心自己是不是痴呆了,于是问了身边一些读书的朋友,是不是也会忘记读过的内容,结果很多朋友都回答说"我也是,我也是"。

刚读完的时候,还记得一些,这里写得不错,那里写得也不错,能记住一些比较具体的内容。如果是非常打动人的书,刚读完的时候,感觉脸

180 ●从上至下，译文依次为：《世界会无数次消亡》，斯特兰德书店，8英里的书，

颊上还会残留着其中的热气。但是，开始读别的书以后，过了一个星期就把之前那本书的内容忘得差不多了。书名勉强记得，其余就只有"是本好书"的模糊记忆，至于到底哪里好，则一点也想不起来了。

等到开始读再下一本书，也就是大概一个月以后吧，之前那本就忘得一干二净了。有时甚至连书名都忘了。于是，深夜，我站在书架前，一个人孤独地寻找，嗯……是哪本书来着。这样的时刻，感觉有点悲伤。读书到底是在读什么啊，我感到非常懊恼。

※※※

那么，接下来是语文题。请阅读下面的文章，然后回答问题——

"那天晚上，德洛丽丝悠闲地在浴缸里享受着长时间的泡澡。她常把书带进浴室，躺在浴缸里读书，她将胳膊从热水里伸出来，让乳房和浓密的阴毛露出水面，有时甚至会读上十页到十二页。那个晚上，当她读到凯恩小说中描写一对男女杀死希腊人主人的那几页时，一边享受着浴缸中托起身体的热水

的触感，一边想起了那位陷入沉思的英俊青年。她觉得那位年轻的音乐家，不知什么地方和自己的父亲有点相像。"（古贺林幸译）

问题——德洛丽丝正在做什么？请从以下选项中选择。

（1）享受地泡澡。

（2）享受地看书。

（3）想着那位青年。

（4）想着自己的父亲。

※※※

题干中引用的文章是奥斯卡·海杰罗斯（Oscar Hijuelos）的《曼波之王的情歌》（*The Mambo Kings Play Songs of Love*，中央公论社）中的一节，德洛丽丝是十三岁时随父亲从古巴移居纽约的女性。她的父亲一直梦想着到了美国就能过上幸福生活，但始终没能实现，只有日复一日的疲惫和辛劳。因为不会英语，所以找不到好工作。

看着这样的父亲，再加上自己很孤独、无事可做，德洛丽丝很早就开始努力学英语。学习的工具是收音机和书，因为有了这些辅助，渐渐地，德洛丽丝可以到普通的店里工作了，这样一来，她的英语水平更加突飞猛进。而且,在这个过程中,她逐渐喜欢上了读书。在题干所引用的这段话中,德洛丽丝已经二十一岁了,变成了一个非常爱书的人,只要不是太晦涩,什么类型的书都会涉猎,每周至少读两本。这也让她十分引以为傲。

"作为一个几乎不怎么识字的男人的女儿,我能这样读书真是太棒了。而且还是英文的!"

有一天,她在公交车站看到了一个陷入沉思的英俊青年。

※※※

那么,刚才的问题,哪个才是正确答案呢?

答案是(1)。无论是"让乳房和浓密的阴毛露出水面",还是"享受着浴缸中托起身体的热水的触感"的描述,都充分流露出泡澡的幸福感,就是(1)没错。

不过,其实正确答案是(2)。因为她确实在看书,而且非常喜欢看书,"有时甚至会读十页到十二页",所以是(2)。

实际上,真正的正确答案是(3)。在蒸汽的笼罩下,德洛丽丝那为即将到来的恋爱而陶醉的样子,怎么样,简直好像就在眼前吧?答案是(3)。

但是,很不巧,其实(4)才是真正的答案。浴室、书、漂亮的青年,都不过是让她想起父亲的契机。

我想大家已经明白了吧。其实,这些都是正确答案。德洛丽丝在浴室里同时做着这四件事。

※※※

有时我会突然反应过来,明明眼睛在追着书上的铅字看,实际却根本没在读。每当这种时候,我就会想着"咦?到底写了些什么来着?",然后翻回去重新读一遍。每次我都因自己的注意力不集中感到很厌烦,有时还会想起,很久以前母亲曾告诫我"不要老瞎想些乱七八糟的事"。

不过,读书时的这种走神,甚至思绪纷飞,其实也是读书的乐趣之一吧。读书的时间,或者说空间,之所以令人心情舒畅而充满秘密,难道不正是因为在那里做什么都可以吗?

在浴室里,德洛丽丝一次做了四件事。蒸汽笼罩着她的身体,她读着书,想着青年,思念着父亲。真的,不管做什么都无所谓。我从未见过有哪段文字能如此简洁地概括读书的快感和幸福感。

对了,德洛丽丝读的书,大家肯定知道是什么书吧?

对,没错,《邮差总按两遍铃》(*The Postman*

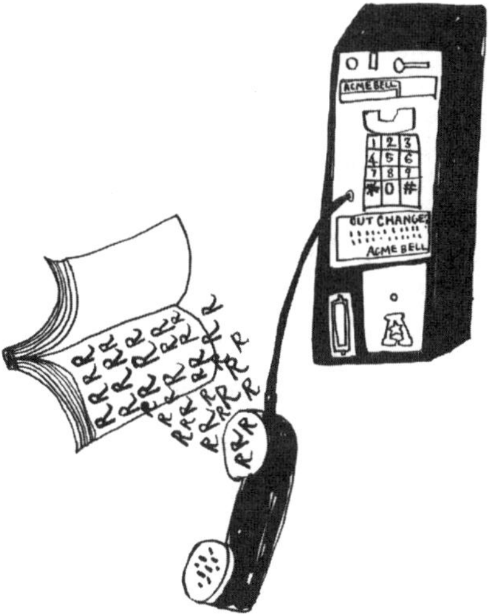
ACME BELL
OUT CHANGE?
ACME BELL

Always Rings Twice）。

※※※

有人说，如果是自己喜欢的书，至少会买三本。一本用来自己看，一本用来送人，还有一本是用来收藏的。用来收藏的那一本，会小心翼翼地用特殊的纸包上两三层，再小心翼翼地收起来，以免损坏或沾上脏污。

无论多么喜欢的书，我也只买一本。偶尔会再买一本，但那是因为书在书架上放了太久，已经老化到让人不忍直视的程度了。如果自己喜欢的书被纸鱼*"咔嚓咔嚓"地啃得不成样子，或者严重泛黄，就会觉得有点伤心。不过，就算抱着这种难过的心情想再买一本，也经常因为时间过了太久，书已经绝版，很难买到。

也许那些至少买三本的人会说："你看，所以最好提前多买几本。"但是，我还是没有那种打算。是因为我本性吝啬吗？我觉得不光是因为这个。

※※※

---
* 也叫衣鱼，是蛀蚀衣物和书籍的害虫。

有个词是"爱读书",其实我不太明白这个词的意思。

如果是"爱·读书",我倒是能理解,但这个词一般所代表的意思是"爱读·书",这我就不明白了。

爱读,在《新明解国语辞典》(第四版,三省堂)中是这样解释的:"因为喜欢(某本书、报纸等)所以经常读。""因为喜欢"这部分我马上就理解了,问题是"经常读"。经常读是什么意思?

简单点想,就是反复读对吧。但是,我不太明白这里所指的意思。所谓反复读,究竟指的是以下哪一种呢?

(1) 从头到尾反复阅读。

(2) 挑自己喜欢的地方读。

(3) 看看书脊,摸摸书,觉得很开心,于是心情变得很好。

嗯,把(2)和(3)合并作为一种也未尝不可。到底是(1),还是(2)和(3)呢?

※※※

有人提到自己爱读的书时会说"因为太喜欢了,

所以不知道读了多少遍"。见到这样的人，我总是不由得暗自感叹，他们真的会反复读同一本书啊。对这些人来说，上述那个问题的答案肯定是(1)。

我则是(2)和(3)。这就是我对爱读书的定义。无论（在记忆中曾经）多么喜欢的书，只要不是有工作上的需要，我就不可能从头到尾再读一遍。我读书很慢，同一本书读两遍就浪费了读其他书的时间，太可惜了。人们常说重读会有新发现，但其实只要挑自己喜欢的地方读一读，或者看看封面、摸摸书，就会有新的感触。

喜欢的音乐，我会从头到尾反复听。喜欢的电影，有时也会从头到尾再看一遍。但是，书是不可能从头到尾反复阅读的。

※※※

说起普鲁斯特，大家会想到他是那部很多人读但没几个人读完的巨著《追忆逝水年华》的作者。不过这位大作家也做过翻译，译的是英国批评家约翰·罗斯金（John Ruskin）的《芝麻与百合》（*Sesame and Lilies*），翻译时还做了详细的注解。译本中附有译者，即普鲁斯特的序言，实在是太棒了。序言的标题是《关于读书》（《芝麻与百合》，筑摩书房）。

普鲁斯特说，读书是对读者的激励，而且，也仅仅是激励而已。即便读了书，也无法在书中找到什么答案。作者的智慧结束之后，作为读者的我们的智慧才开始。

"如果把读书当作一种规范，就会给原本只是激励的东西赋予过大的功效。读书是精神生活的入口。虽然可以引导我们进入，却不会形成我们的精神生活。"（吉田城译）

虽然我平时也总是在想，并不是只要多读书就行了，但读了这篇文章以后我明白了，之所以说不是多读书就行，是因为有一些人明显只是沉迷于广泛收集作者的智慧，而根本不去将其活用并转化为自己的智慧。

※※※

我曾有机会与内藤陈先生谈话，有一件事让我对他非常钦佩。我问内藤先生，您是自称"图书推荐家"的狂热爱书人，那是怎么处理读过的书呢？他说，因为舍不得扔，所以家里到处都是书。我又追问说，可是，如果不稍微处理一下的话，家里就没有落脚的地方了吧？他说，因为无论如何也不想卖掉自己的书,所以会在家门口放个纸箱,时不时把不需要的书放进去。

"然后呢?"

"然后等到纸箱装满了,公寓管理员就会联系图书馆,他们就会来取。我拜托图书馆说,我这里有很多书,虽然没办法分类,但还是请你们务必收入馆内吧。"

说起来,我曾在美国的一个书评报刊上看到过某个大学图书馆的广告,呼吁读者捐献书籍。广告上说,那些对你来说已经不需要的东西,却是我们所需要的。

※※※

在和内藤陈先生谈话时,我们还谈到了一个彼此非常有共鸣的观点,那就是不要用数字来衡量书。

你看,杂志上不是经常做这样的特辑,讨论余下的人生中还能看多少本书,每次看到那种特辑,我就觉得很烦。我说,书可不是数字啊。

我的阅读量不值一提,所以就算我说"书不是数字",别人听了也不会服气,但读了很多书的内藤先生说"书不是数字",就很有说服力了。

没错,书不是数字。

但是,"书就是数字"的观点根深蒂固。实际上,就以我自己为例,刚刚还说了"我的阅读量不值一提"呢。之所以会有这样妄自菲薄的表达,很明显是因为我无形中被"书就是数字"的想法束缚住了。

书不是数字书不是数字书不是数字书不是数字书不是数字书不是数字书不是数字书不是数字。

必须不停地默念这句话。

※※※

我在书店里看了一本面向年轻女孩的美国杂志《小姐》(Mademoiselle),在书评专栏中,随笔作家芭芭拉·格里祖蒂·哈里森(Barbara Grizzuti Harrison)尖锐地批评了布莱特·伊斯顿·埃利斯(Bret Easton Ellis)的《美国精神病》。这部小说因书中性暴力的残忍阴暗而引起了极大的轰动,哈里森在对小说内容做了大致介绍后,这样写道:

"人生苦短,不要将时间浪费在读这样的书上。"

虽然我对于埃利斯的作品持不同意见,但我很佩服芭芭拉的这种表达方式。她拥有非常敏锐

●从上至下，译文依次为：《追忆逝水年华》，马塞尔·普鲁斯特

的直觉判断力，厌恶故弄玄虚的文学表达，碰到自己讨厌的作品，就会进行严厉的抨击。在她的书评中，我看到过好几次自己喜欢的作家被她无情批判，但她的观点总是一针见血，所以尽管喜好不同，我还是对她的书评感到信服。

刚才引用的那句评价最厉害的地方在于：它明确地告诉了我们，读书并不是为了消磨时间。在读书只不过是消磨时间的观念已经变得理所当然，一边读一边忘变得稀松平常的今天，这个带有反时代的正统气质的观点反而很新鲜。

※※※

那么，读书不可以是消磨时间吗？读书到底是什么呢？

为了弄明白这个问题，我在辞典里查了"读书"这个词，用的是《新明解国语辞典》（第四版）。最早让我发现它作为读物的妙处的，是评论家武藤康史，听了他的话，我才开始使用这本辞典。武藤曾经这样说过：请查查"动物园"这个词吧，读完辞典里的解释不可能不哭。我试着查了一下，果然大受震撼。你也查一下这个词看看吧，一定会让你彻底改变对辞典的看法。

那么,"读书"——

"[不是为了调查研究或出于兴趣]而是为了教养而阅读书籍。[躺着读杂志、周刊不属于胜义*上的读书]"

读了这个解释之后,我有点困惑了。因为我除了调查研究(倒也不是特别一本正经的那种)和兴趣驱动,就没因为别的原因读过书。这么一想,我不禁悲从中来,那我至今为止读过的书都算什么?我得再查一遍《新明解国语辞典》。为了研究或出于兴趣而读书,到底应该称之为什么呢?

※※※

"1500 年到 1750 年,西欧的阅读形态一直是集中式的。可供阅读的书数量非常少(《圣经》、几本祷告书、历书、蓝皮书等),人们只能反复阅读这些书。这种阅读形态的特点是,能够成为阅读对象的书数量极少,具有重复性强、密度大的特点,多数情况下是在家庭中阅读,有时会在晚上的聚会上进行朗读。但是到了十八世纪末,特别

---

* 参见作者在文库版追加后记(第 213 页)中的解释。

在欧洲东北部的城市（但是，只有不来梅地区有详细的研究记录），那些有教养的人，换言之，广义上的资产阶级之间，存在着完全不同的读书方式。他们会大量阅读各种读物，特别是十八世纪德国数量激增的阅览室（Lesegesellschaften）里常陈列的那些小说、报纸和杂志等。而且，他们只会为了消遣而快速阅读一遍，读完就会扔掉，或者让其他想读的人拿走。这样的读书方式，虽然在书的选择范围上扩大了，但对于内容却不怎么深入思考，只是流于表面，用一句话概括，就是扩散式的读书。"（摘自《从书到读书》，罗杰·夏蒂埃（Roger Chartier）编著，水林章译，美铃书房）

※※※

小说家尾辻克彦曾解读过深泽七郎的《要是不说就好了日记》（中公文库），其中提到了一件很有趣的事。他说，这本书曾经让自己备受鼓舞，也深受感动，但他对这本书的部分记忆似乎错乱了。

首先，他记得自己以前读过这本书的文库本，但实际上，这本书至今为止都没有出版过文库本。哎呀，真是错得离谱。

其次，他记得这本书里讲了很多关于北海道的故事，他最喜欢的就是双手抱着柏青哥*的弹珠走在某个小镇大街上的故事。然而，重读了一遍之后，他却发现书里根本没有这件事，最重要的是，完全没提到过什么北海道。啊，原来记错了。

尾辻说道，那么，自己说的是完全不同的另一本吗？好像也不是。因为在这本书里也能找到自己记得的故事。"本以为已经深深渗透进自己体内的读书体验，其中关于书的模样的记忆却很模糊，这让我感觉很受打击。（中略）反省了一下，我还是觉得，即使是错的，仍然是记忆更重要。所谓记忆，就是记录经过发酵之后形成的近似表达的东西吧。"

这正是有成果的读书。

※※※

还有一个关于对读过的书记忆错乱的奇特例子。

---

* 柏青哥（パチンコ），日本的一种弹珠游戏机。

意大利学者兼小说家翁贝托·埃科（Umberto Eco），在写一篇关于美学的论文时曾遇到了难题。他翻阅了各种各样的书籍，却怎么也找不到答案。有一天，他"嗯……嗯……"地低声沉吟着在巴黎的大街上溜达，然后在旧书店里发现了一本装帧精美的美学图书。这是十九世纪的书，作者的名字他没有听说过。他想，也许这位作者是那些从未在图书馆里见过的小作家之中的一员吧，于是他把书买了下来，也并没有对书里的内容抱什么期待。但是当他开始读了以后，突然发现，这本书里不正写到了解决那个难题的关键吗？太棒了！他喜出望外，忍不住在空白处写下了一个"！"。

几十年后，埃科的朋友读到了这个故事，揶揄他说，这些全是编的吧？我说，你可真是太会讲故事了。埃科回答，并不是我编的故事，来我家吧，我给你看看这本书。这本书的确真的存在，埃科哗啦哗啦地翻了半天，找到了标记着"！"的地方，指给朋友看。他刚想向朋友说明"你看，就是这里"，却发现自己怎么也找不着到底哪里是解决那个难题的关键了。

那么，难道是他自己解决了那个难题吗？埃科歪着头想了一会儿，就有了以下这番思考（《论文作法》,而立书房)。

"出现了解决难题的思路,真的是我自己的功劳吗?如果我没读过瓦莱,恐怕也不会想到什么思路吧。即使并不是他想出来的,但他也可以称得上是这种思路的产科医生。虽然他没有直接给予我什么,但他锻炼了我的内心,在某种意义上为我的思考提供了助力。"(谷口勇译)

想来,这就是读书的妙趣所在。读书是一项极其个人的、隐秘的作业,它允许所有的记错、想错、念错。并不存在什么正确的读书方式。读书的力量,正如埃科所说,在于它能锻炼内心,为思考提供助力。

●译文为：书虫

200 ●译文为：昆虫

seven spot ladybird

●译文为：七星瓢虫

202 ●从左至右,译文依次为:加西亚·马尔克斯,威廉·萨洛扬,《人间喜剧》,《百年孤独》

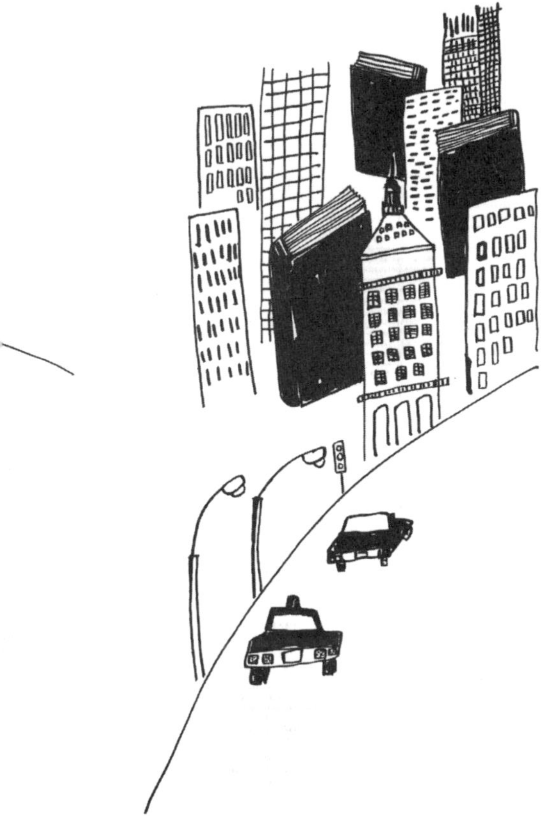

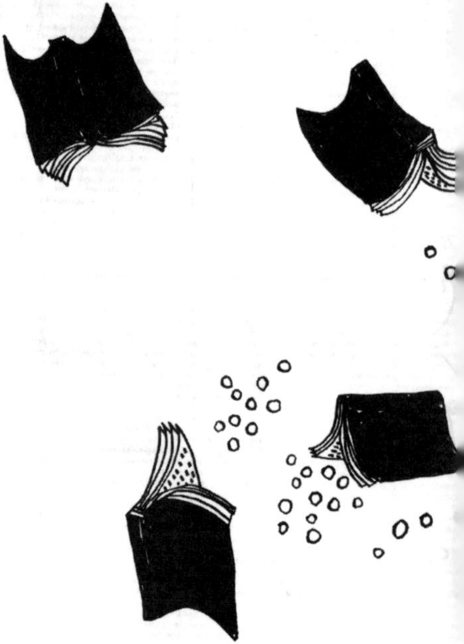

●译文为：爆米花

后记

从 1991 年 1 月到 6 月，我为《每日新闻》读书版块的"Young 读书术"专栏供稿，每周写一篇关于如何与书相处的文章。连载结束后不久，《Mistery Magazine》当时的主编菅野圀彦先生向我发出了邀请："那个连载很有意思，要不要继续写下去？"听到"有趣"这个词，我就忍不住得意忘形。于是我欣然接受，并开设了"看一看摸一摸"专栏。从 1992 年 4 月号开始连载，一直持续到 1994 年 12 月号。

本书就是将这两个专栏的内容合并整理而成的。

在《Mistery Magazine》上的连载，每期都会请阿部真理子绘制插图。我以前在《时尚先生》（日本版）上连载翻译美国短篇小说的时候，阿部女士就为我绘制插图，每次的插图里都会出现捧着书阅读的形象，我非常喜欢这一点。不仅是人，还有狗、鸟、鲸鱼、水牛等，甚至连奥斯卡金像奖的奥斯卡小金人都在看书。我的专栏内容基本上是关于喜欢读各种书的人的，所以我想，如果能搭配上阿部女士描绘的各种各样的读书人

（生物？）的插画，那就完美了，于是我拜托阿部女士为这本书绘制插图。

本书中不仅有连载时的配图，还增加了很多新的插画。如果当成阿部女士的画集来看，应该也能得到充分的满足。

请大家哗啦哗啦翻翻这里，哗啦哗啦翻翻那里，看一看，摸一摸，随便从哪里开始都没关系，自在地阅读，去发现与书相处的方法吧。

感谢将本书设计得非常漂亮的高桥雅之先生，细致地对本书进行了编辑的三好秀英先生，当然还有菅野先生，在菅野先生之后继任《Mistery Magazine》主编的竹内祐一先生，还有为我创造了一切机会的《每日新闻》的光田烈先生。

1997年7月
青山南

文库版追加后记

我在前面讲了小说家尾辻克彦把深泽七郎的《要是不说就好了日记》的内容完全记错了的故事,这次因为要出版文库本,我重新读了一遍之前写的东西,发现我自己也把过去的一些事情记错了,或者说想错了。

不,是记忆出错了,或者说记忆全都是错乱的。

那是刚刚进入 21 世纪不久,我在《朝日周刊》的"难忘的一册"栏目里写了这样一篇文章(收录于朝日周刊编辑部编著的《难忘的一册》,朝日文库)。

本·沙恩(Ben Shahn)是我非常喜欢的美国画家之一。

约翰·斯坦贝克(John Steinbeck)是我想讨厌也讨厌不起来的美国作家之一。

我是在几乎同一时间认识这两个人的。所以,一想到本·沙恩,就会想到斯坦贝克,反之亦然。他们两个人在我心中已经完全结成一个固定组合了。

那是我上高中的时候。从学校回家的路

上，车站到家大约是走路十分钟的距离，途中会经过三家书店。一家是空间逼仄的站前书店，一家是位于大型公寓一楼的宽敞漂亮、氛围时尚的书店，还有一家是离车站有段距离，氛围和时尚毫不沾边，似乎是将自己家里两个闲置房间打通之后开的书店，有点脏，一看就觉得十分简陋。

我常去的是大型公寓一楼的那家书店。我被即使是现在看来也十分有品位的陈列深深打动，享受着站着阅读的乐趣。杂志也几乎都是在那家书店里读的，那是一家进了很多有趣的杂志，非常棒的书店。

而那家简陋的书店，我只有在避雨的时候才会进去。因为正好在车站和自己家的中间，下雨时就会跑进去躲雨。所以，我难得进去一次，就算某天进去了，也只会发出傲慢的感慨：这里什么都没有啊。实用书籍、各种全集、畅销书和文库本都像是被人随手扔在那里似的。书上甚至还蒙着灰尘。真令人难以置信。

就是在这家令人难以置信的店里，在突然赶上瓢泼大雨的一天，我遇到了本·沙恩和约翰·斯坦贝克。我无可奈何地看着摇摇欲落的文库本书堆，看到里面有《愤怒的葡萄》（The Grapes of Wrath）的上中下册。我发现是自己听说过的作品，就拿到手里看看，封面上的画非常漂亮。我把三册都拿了出来，发现每册的封面图都不一样，但似乎都出自同一位画家。本·沙恩？好奇怪的名字。

角川文库。第一次为了封面买书。我仔细地包上书皮之后读了这套书。

我应该感谢的，到底是那家令人难以置信的书店，还是突如其来的大雨呢？

要说记忆到底是哪里出错，或者说混乱了的话，请大家翻回第 167 页。高中一年级的时候，在放学回家的路上，为了躲避突然下起的雨，我冲进了家附近的书店，在那里与一本书相遇了，和上面那篇中描写的几乎是一模一样的经历，可是书却变成了安德烈·纪德的《伪币制造者》。

书中收录的那篇文章写于 20 世纪 90 年代，《愤怒的葡萄》这篇则是写于 21 世纪初。我的记忆在十年之间改头换面了吗？

现在在我的记忆仓库里，高中时在雨天遇到的书是《愤怒的葡萄》，是不是因为 20 世纪 90 年代回忆起的《伪币制造者》这个记忆要素，被

21世纪初回忆起的《愤怒的葡萄》这个记忆要素取代了呢？大概是因为我的记忆被这样"覆盖保存"了吧。

我不知道记忆为什么会改头换面。但是仔细想想，"高中生""突如其来的大雨""简陋的书店"这些记忆要素并没有变。另外，那个时间在那个地点遇见了一本书的这个事实也完全没有改变。也就是说，虽然关于到底是哪一本书的记忆已经变得模糊不清，但"读书状况"或者说"读书体验"的记忆并没有改变。对深泽七郎的书记忆错乱的尾辻先生说，"本以为已经深深地渗透进自己体内的读书体验，其中关于书的模样的记忆却很模糊，这让我感觉很受打击"，我这种情况，大概就是虽然"关于书的模样的记忆"很模糊，"深深地渗透进自己体内的读书体验"却十分鲜明吧。

我在第194页讲了《新明解国语辞典》（第四版）中对"读书"这个词的解释。

"［不是为了研究调查或出于兴趣］而是为了教养而阅读书籍。［躺着读杂志、周刊不属于胜义上的读书］"

第四版出版于1989年。现在我手头上有的是第六版，出版于 2005 年。以防万一，我又在这版中查了一下"读书"这个词，结果吓了一跳。这版里的解释是这样的：

"［与研究调查和考试学习时不同］暂时离开现实世界，让精神遨游于未知的世界，为了确立坚定的人生观而（不受时间的束缚）阅读书籍。［躺着读漫画或是在电车里读周刊杂志，不属于胜义上的读书］"

很长、很细致，而且，非常深入地进行了说明。第四版中"为了教养"这种模棱两可的说法，第六版中变成了"为了暂时离开现实世界，让精神遨游于未知的世界，为了确立坚定的人生观"。原来如此，原来这就是所谓的"教养"啊。

顺便一提，"胜义"的意思是"［佛教中最高真理之意］［并非引申义或比喻的用法而是］这个词所拥有的本质层面的意思·用法"。

进入 21 世纪以后，书籍的阅读场景发生了很大的变化，随着电子书的普及，现在我也经常在亚马逊出品的 kindle 阅读器上阅读。尤其是英文读物，用 kindle 读的话格外方便，碰到不懂的单词，只要触摸那个单词，屏幕上就会弹出释义。字的大小等也可以在功能设置中自由调节。

只是，读的时候不知道处于一本书的哪个位置，让我感觉很不甘心。读实体书时，只要合上书，看看书的厚度，一眼就能看出自己现在读到的位置，而在 kindle 上的阅读则必须通过"已经阅读了百分之多少"这样的标识来判断。此外，阅读器上还会出现根据我的阅读速度自行计算的"还有几个小时就能读完"的提示，真是多管闲事。我不可能总是以同样的速度阅读。根据阅读的内容不同，有时我会慢慢读，有时则会直接跳过。

总而言之，这种在读书时被人监视着的感觉，有时会让人厌烦。在《新明解国语辞典》（第六版）中，对"读书"的定义特意注明了"不受时间的束缚"，而 kindle 暗中束缚了时间，或者说对读书的方式进行了计算。当然了，只是我没去设置而已，其实是可以关闭这些提示的。

kindle 以及其他电子书最大的缺点就是不能观察和触摸书。实体的书，不用说，从前到后从上到下，不管从哪个角度都能仔细观察它的样子。虽然不建议用黏糊糊的手去摸，但如果想摸也是可以摸的。还有绘本，艾瑞·卡尔（Eric Carle）在《好饿的毛毛虫》（*The Very Hungry Caterpillar*）、《爸爸，我要月亮》（*Papa, Please Get the Moon for Me*）、《好忙的蜘蛛》（*The Very Busy Spider*）中，都展示了如何用触觉去感受书带来的乐趣。这不正是电子书无论如何也无法带给我们的吗？不过，我们无法预测计算机技术未来究竟会发展到什么程度，所以我也不能这样断言。

  为我绘制了很多美妙插图的阿部真理子女士在2010年去世了。她还很年轻，实在是走得太早了。她在世时是个很开朗豪爽的人。在第207页中提到的《时尚先生》（日本版）的插图（照片），至今还挂在我房间的墙上。我想将本书献给阿部女士，当作对她的感谢。

  文库化的时候，书名稍微进行了改动。这次承蒙河内卓先生的关照。非常感谢。

2023年12月4日

青山南

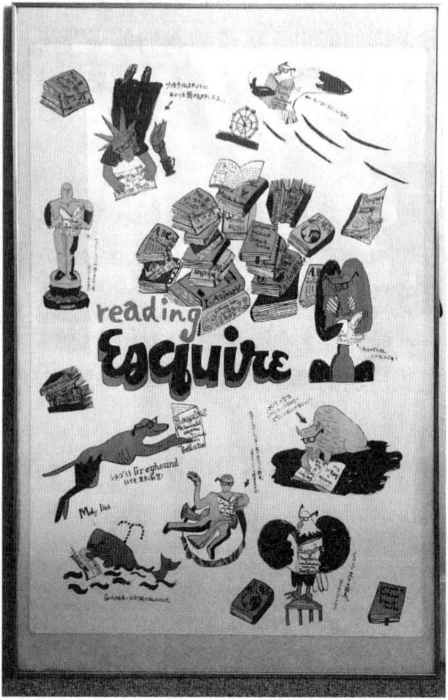
reading
Esquire

● 从左至右,译文依次为:普洛斯彼罗的,蘑菇

索引：

本书中提到的作品	页码
《埃姆利奥》	133
《爱情常在》	144
《安娜·卡列尼娜》	90, 91
《安特恩山口》	133
《爸爸，我要月亮》	214
《白鲸》	93, 95, 96
《百年孤独》	44
《彼得·潘》	46
《波德利普村的人们》	132
《不能承受的生命之轻》	90, 91, 92
《不在路上》	51
《畅销书的读法》	48, 53
《扯平了》	87
《沉思集》	133
《承认》	14
《纯真年代》	104
《从黑暗中来的女人》	57
《从书到读书》	195
《达尼尔阿姨》	82
《大海》	131
《大洋之夜》	133
《当哈利遇到莎莉》	77
《德伯家的苔丝》	132
《东就是东》	136

《都市肖像》	159
《独自行走的人》	59
《读书少女》	99, 100, 103
《杜立德医生非洲历险记》	125
《杜立德医生航海奇遇记》	125
《二叶亭四迷传》	146
《法国大革命史》	132
《芬尼根的守灵夜》	70
《芬尼根辛航纪》	70
《粉红色杀人夜》	138
《愤怒的葡萄》	211, 212
《浮世男女》	108
《福楼拜的鹦鹉》	89, 90
《副作用》	87
《盖普的世界》	36
《哥萨克》	132
《给樱桃以性别》	96
《工作手册为什么难懂》	178
《狗》	133
《关于读书》	188
《鬼火》	78
《国富论》	175, 176
《哈扎尔辞典》	53
《孩子们》	119
《好饿的毛毛虫》	214
《好工作》	37, 40, 92

《好忙的蜘蛛》	214
《黑色的春天》	171
《呼啸山庄》	93
《欢乐之家》	119
《灰姑娘》	46
《回想开高健》	58
《纪德日记》	131，132，162
《间歇的座谈会》	11
《精灵们》	133
《卡努》	133
《可怜的人们》	133
《狂人皮埃罗》	129
《零用钱》	63
《论文作法》	197，198
《麦金托什小姐》	84，85
《曼波之王的情歌》	182
《没有桥的河》	168
《美国悲剧》	54
《美国精神病》	138，140，191
《美国年度最佳短篇小说》	85
《美国童年》	71，112
《密西西比河上》	112，113，114
《男性，女性》	129，130
《帕蒂·迪普莎》	105
《骗子》	111，112，130
《七十五美分的布鲁斯》	130

《青蛙们死去的夏天》	80
《人间食粮》	163, 165
《人间喜剧》	116
《扔掉书本上街去》	165
《日瓦戈医生》	138, 140
《乳房》	98, 99
《瑟尔角的女人》	54, 56, 57
《莎乐美》	53
《生命之屋》	103
《圣经》	96.194
《诗人和女人们》	136
《世界会无数次消亡》	79
《侍读女郎》	128, 129
《书报》	111
《书与电脑》	63
《死者的生命》	79
《速读》	41
《汤姆·索亚历险记》	46
《跳房子》	53
《万有引力之虹》	12, 151
《伪币制造者》	166, 167, 211
《乌兹伯爵》	160, 161
《无羽无毛》	87
《物种起源》	48, 50
《夏先生的故事》	97
《写作之声》	133, 134

《新明解国语辞典》（第六版）	214
《新明解国语辞典》（第四版）	187, 193, 212
《需求》	118
《要是不说就好了日记》	195, 209
《意外的旅客》	84
《银色·性·男女》	107, 108, 110, 111
《永别了，武器》	138, 140
《邮差总按两遍铃》	184
《油炸绿番茄》	95
《与书相处的方法》	176
《与尤多拉·韦尔蒂的对话》	32
《狱中记》	132
《在路上》	51
《造就美国人》	149, 150
《泽尔达》	101
《詹尼斯：死于布鲁斯》	101
《战争与和平》	147
《侦探小说》	56
《芝麻与百合》	188
《中国姑娘》	130
《终究悲哀的外国语》	111
《追忆逝水年华》	43, 188

本书中提到的创作者	页码
F.斯科特·菲茨杰拉德	78
T.科拉盖杉·博伊尔	136

阿纳托尔·布罗亚德	151
阿纳托尔·法朗士	157, 159, 160
艾伦·裴斯	134
艾瑞克·杜菲	134
安·比蒂	144
安·泰勒	84
安妮·狄勒德	71, 112, 113, 114
岸本佐知子	97
奥斯卡·海杰罗斯	182
芭芭拉·格里祖蒂·哈里森	191
芭芭拉·卡兰德	82
本·沙恩	209, 210, 211
布莱特·伊斯顿·埃利斯	191
布鲁斯·查特文	160
布鲁斯·韦伯	86
查尔斯·布考斯基	136
查尔斯·达尔文	48, 50
查尔斯·狄更斯	40
池内纪	161
池泽夏树	12
村上春树	110
达希尔·哈米特	56, 57
大冈玲	41
大久保宽	28
大社淑子	104
戴维·洛奇	37, 92

戴卫·道尔顿	101
黛布拉·斯帕克	80
蒂姆·奥布莱恩	79
多和田叶子	143
二宫金次郎	60
二叶亭四迷	146, 147
菲利普·罗斯	98, 99
费奥多尔·列舍特尼科夫	132
弗朗索瓦·特吕弗	63
弗朗索瓦丝·萨冈	43
弗雷德里克·福瑞斯特	56
福楼拜	90
富冈多惠子	140
高仪进	93
格蕾丝·佩利	118
格特鲁德·斯泰因	149, 150
宫胁孝雄	162
宫泽贤治	46
古贺林幸	182
古屋美登里	80
谷口勇	198
谷泽永一	58
关汀子	116
赫尔曼·梅尔维尔	95, 130
亨利·米勒	171, 172
胡里奥·科塔萨尔	52, 53

吉田城	189
纪德	131，132，133，163, 165, 166, 167, 211
加西亚·马尔克斯	44
杰克·凯鲁亚克	51
津野海太郎	59, 60, 63
鹭见和佳子	129
卡罗琳·卡萨迪	51
莱蒙托夫	147
兰斯顿·休斯	130
劳伦斯·冈萨雷斯	93
雷·布拉德伯里	93, 95
雷蒙·让	128, 129
雷蒙德·卡佛	107, 108, 110, 111
列夫·托尔斯泰	90, 132, 147
铃木道彦	43
柳濑尚纪	70
柳泽由实子	71, 113
鲁道夫·托普弗	133
路易丝·厄德里克	85
罗宾逊·杰弗斯	54
罗伯特·奥特曼	107, 108, 111
罗杰·夏蒂埃	195
落石八月月	149, 150
马克·吐温	112
马塞尔·普鲁斯特	43, 188, 189

梅兰尼·格里菲斯	138
米兰·昆德拉	90, 91
米洛拉德·帕维奇	53
莫言	44
木岛始	131
木下是雄	178
娜西莎·康沃尔	12
南希·米尔福德	101
内藤陈	189, 190
尼古莱·果戈理	147
欧文·肖	20
帕特里克·聚斯金德	97, 98
佩德罗·阿莫多瓦	105
皮特·哈米尔	32
片冈义男	18
朴京美	167, 168
千野荣一	91
让-雅克·桑贝	97, 98
让-奥诺雷·弗拉戈纳尔	99, 100, 103
让-吕克·戈达尔	130
儒勒·米什莱	132
山内若子	146
杉山晃	105
深泽七郎	195, 209, 212
水林章	195
寺山修司	163, 165

松冈和子	37
粟津洁	163
苔丝·加拉格尔	110
藤川芳朗	159
藤井省三	44
田边圣子	27
田川律·板仓麻里	101
田口俊树	84
托拜厄斯·沃尔夫	111, 112
托马斯·曼	27
托马斯·品钦	12, 151
瓦尔特·本雅明	159, 160, 161
奥斯卡·王尔德	53, 54, 132
威廉·加迪斯	14
威廉·加斯	13, 14, 21
威廉·萨洛扬	116
维姆·文德斯	56
尾辻克彦	195, 196, 209
翁贝托·埃科	197, 198
伍迪·艾伦	87
武藤康史	193
西奥多·德莱塞	54
香内三郎	48, 53
新庄嘉章	131, 163
亚当·斯密	175
养老孟司	34, 36

伊迪丝·华顿	104, 119
伊凡·屠格涅夫	133, 147
尤多拉·韦尔蒂	32
约翰·欧文	36
约翰·罗斯金	188
约翰·斯坦贝克	209, 210
泽尔达·菲茨杰拉德	101, 103
泽野公	11
詹姆斯·M.凯恩	181
詹尼斯·乔普林	101, 103
珍妮特·温特森	96
中川五郎	138
中村光夫	146, 147
中村真一郎	39
中野重治	175
朱利安·巴恩斯	89
佐藤正午	21
佐野洋子	70

书怎么读都有趣

[日] 青山南 著　阿部真理子 绘
马文赫 译

图书在版编目(CIP)数据

书怎么读都有趣 /（日）青山南著；（日）阿部真理子绘；马文赫译. -- 北京：北京联合出版公司，2025.4（2025.8 重印）. -- ISBN 978-7-5596-8377-9

Ⅰ.I313.65

中国国家版本馆 CIP 数据核字第 20254F9T84 号

HONHA NAGAMETARI
SAWATTARIGA TANOSHII

by Minami Aoyama
Illustrated by Mary Abe

Copyright © Minami Aoyama, 2024
All rights reserved.
Original Japanese paperback edition published by Chikumashobo Ltd.
Simplified Chinese translation copyright © 2025 by United Sky (Beijing) New Media Co., Ltd.
This Simplified Chinese edition published by arrangement with Chikumashobo Ltd., Tokyo, through Tuttle-Mori Agency, Inc.

北京市版权局著作权合同登记号 图字：01-2025-1238 号

出 品 人	赵红仕
选题策划	联合天际·文艺生活工作室
责任编辑	李艳芬
特约编辑	徐立子
美术编辑	梁全新
封面设计	马仕睿 @typo_d

出　　版	北京联合出版公司 北京市西城区德外大街 83 号楼 9 层 100088
发　　行	未读（天津）文化传媒有限公司
印　　刷	河北鹏润印刷有限公司
经　　销	新华书店
字　　数	70 千字
开　　本	880 毫米 × 1230 毫米 1/64 3.75 印张
版　　次	2025 年 4 月第 1 版　2025 年 8 月第 4 次印刷
I S B N	978-7-5596-8377-9
定　　价	39.00 元

关注未读好书

客服咨询

本书若有质量问题，请与本公司图书销售中心联系调换
电话：(010) 52435752

未经书面许可，不得以任何方式
转载、复制、翻印本书部分或全部内容
版权所有，侵权必究